I miei occhi
ti diranno la verità

Chanelle Noël

Youcanprint *Self-Publishing*

Titolo | I miei occhi ti diranno la verità
Autore | Chanelle Noël

ISBN | 978-88-93322-73-7

Youcanprint Self-Publishing
Via Roma, 73 - 73039 Tricase (LE) - Italy
www.youcanprint.it
info@youcanprint.it
Facebook: facebook.com/youcanprint.it
Twitter: twitter.com/youcanprintit

INDICE

CAPITOLO PRIMO

La passione per il pattinaggio

Era da poco iniziato l'allenamento sulla pista di ghiaccio "Stars on ice", ed Emily aveva ripreso gli esercizi sui pattini con grande entusiasmo dopo la piacevole e rigenerante pausa estiva.

Aveva appena salutato i suoi compagni di allenamento, consapevole che avrebbe dovuto trascorrere insieme a loro un lungo periodo di preparazione; la stagione sarebbe stata decisamente intensa e ricca di esperienze importanti.

Le coppie di pattinatori erano già pronte per affrontare nuove e divertenti sfide all'insegna della sana competizione.

Leonard era il partner, nel pattinaggio artistico a coppie, di Emily. Con lui pattinava da circa due anni e ormai aveva imparato a gestire i suoi umori altalenanti. D'altra parte il feeling tra i pattinatori era una componente fondamentale, soprattutto durante le gare sportive.

Leonard era un ragazzo dai folti capelli scuri un po' arruffati. Aveva due occhi marroni, era robusto e riusciva, grazie alle sue braccia muscolose, a far volteggiare abilmente Emily sulla pista di ghiaccio.

A volte il suo sguardo era fisso su di lei, quasi non la volesse perdere di vista nemmeno un solo istante.

Le giornate erano ancora abbastanza lunghe a settembre e, tutto sommato, il rientro era stato dolce, la luce solare era ancora intensa.

Le domande curiose non tardarono ad arrivare. Soprattutto Agnese voleva sapere tutto sulla sua estate appena trascorsa.

Emily rispondeva pacatamente alle domande, senza però svelare molto di sé. Era infatti una ragazza riservata e misteriosa; era raro che rivelasse tutto della sua vita. Conduceva, a suo dire, un'esistenza tranquilla e ordinaria.

Amava dedicare la maggior parte del suo tempo ad allenarsi sulle piste e si dilettava inoltre ad ascoltare la musica.

Sovente amava leggere romanzi e, quando non aveva gli allenamenti, si rilassava passeggiando immersa nella natura che la faceva riconciliare con il mondo esterno, vi si sentiva libera e pienamente serena.

Era diversa dalle altre pattinatrici, non si era iscritta a nessun tipo di *social network* come facevano tutti perché era di moda, sebbene fosse totalmente consapevole che, ormai, la maggior parte degli eventi venisse postata sul *web*.

Preferiva di gran lunga parlare con le persone che incontrava, il suo modo di fare era schietto, il suo sguardo diretto sull'interlocutore.

Aveva obiettivi determinati, quelli di concentrarsi sull'allenamento e le future gare, ormai imminenti.

Aveva imparato, con gli anni, a gestire lo stress prima di ogni competizione sportiva, cercava infatti di ripassare mentalmente ogni singolo passaggio della sua coreografia.

Provava e riprovava costantemente il suo pezzo sino alla perfezione. La sua, per i salti, era una vera e propria ossessione.

Emily scendeva in pista con ostinazione, per mettersi alla prova. Spesso capitava che cadesse ma si rialzava subito, nonostante il dolore causato dall'impatto sul ghiaccio, che spesso era così intenso da lasciare sulle gambe segni indelebili.

Quando non riusciva a eseguire i salti, continuava a riprovarci, caduta dopo caduta, senza mai fermarsi. Gli ostacoli non la spaventavano, anzi, le davano la forza di migliorarsi e di andare avanti.

Insisteva caparbiamente e incessantemente nel raggiungere i suoi obiettivi sportivi, testarda e risoluta, cercava sempre di risollevarsi in qualsiasi situazione.

«Ce la farò. Devo farcela» ripeteva a sé stessa, quasi per autoconvincersi.

La gara le permetteva di comprendere gli aspetti in cui poteva migliorare e quelli invece in cui andava relativamente bene.

A volte amava guardare l'esibizione degli altri pattinatori cercando di imparare dagli errori compiuti.

«Sei inarrestabile» le dicevano le altre pattinatrici che si allenavano con lei.

La conoscevano soprattutto per la sua immensa forza di volontà e infinita tenacia.

Era consapevole che solo così avrebbe potuto migliorare la sua tecnica, mediante determinazione e, perché no, anche con un pizzico di fortuna!

La vittoria della gara dipendeva da molti fattori: l'allenamento costante, la concentrazione, la forza, la complicità con il partner artistico, la Commissione giudicante e l'umore sia suo che di Leonard.

Il suo pattinatore le stava sempre accanto, come se non riuscisse a staccarsi da lei un solo istante. Spesso le poneva numerose domande. Era ambizioso Leonard, voleva a tutti i costi vincere... non accettava la sconfitta, lui non si accontentava mai di partecipare.

Mentre eseguiva una piroetta si concentrava sul passo successivo. Leonard la faceva volteggiare con estrema velocità e, apparentemente, sembrava non vi fossero problemi tra di loro, almeno agli occhi degli altri. I pattinatori, infatti, li ritenevano una coppia artistica completa e davvero molto affiatata.

In realtà, Leonard aveva un carattere difficile, a tratti scontroso. Con immensa fatica, Emily riusciva ad addolcire il suo carattere.

Qualche litigio era pertanto inevitabile, ma era del tutto naturale visto che trascorrevano molto tempo assieme ad allenarsi.

Quando lei commetteva un errore spesso la rimproverava, talvolta la faceva sentire inferiore e a Emy dava fastidio.

«Smettila Leonard.»

Ormai ci era abituata e, quindi, doveva per forza stringere i denti se voleva emergere e diventare una pattinatrice affermata. Non aveva alcuna alternativa, almeno per il momento.

Una brava pattinatrice doveva poterlo dimostrare sia sulla pista di ghiaccio, sia fuori della stessa, mediante dedizione e particolare attenzione, dimostrando di meritare le vittorie con il suo comportamento anche all'infuori delle piste.

Agnese, mentre eseguiva un *triplo lutz*, si fermò improvvisamente accanto a Emily.

«Cos'hai fatto, Emily, quest'estate?»

«Ho trascorso le mie vacanze in collina con la mia famiglia e i miei cuginetti, dove ho cercato di allenarmi. Ho trovato una splendida pista di pattinaggio in cui potermi allenare serena».

«Dove hai alloggiato?»

«Alla cascina di mia zia Polly, e Leonard mi ha accompagnata. Il posto è decisamente tranquillo e immerso nella natura, si respira un clima di totale relax».

«Fantastico!»

«Siamo stati a stretto contatto con gli animali, una vera e propria fattoria piena di mucche, galline e tanta allegria! E tu?»

«Divertente la tua estate. Io ho trascorso l'estate a Ginevra per allenarmi, quest'anno la coreografia è davvero molto impegnativa, prevede una serie di elementi tecnici decisamente difficoltosi. La pista, devo ammettere, era incantevole e si riusciva a pattinare davvero meravigliosamente».

«Wow! Con i tuoi pattini tutto bene, le lame erano ok?»

«Sì, i miei pattini non mi hanno dato particolari problemi, le lame le ho appena fatte sistemare e funzionano davvero alla perfezione!»

«Mi fa molto piacere».

«Lo sai, Emily, che quest'anno ci sarà un nuovo allenatore?»

«Sì, non vedo l'ora di conoscerlo, sono davvero curiosa! Attenderò con immensa trepidazione il suo arrivo, speriamo che ci trasmetta la passione e la dedizione per questo bellissimo sport».

«Sì Emily, speriamo in bene, sono davvero fiduciosa».

«Vuoi mangiare una mela, Agnese?»

«Volentieri Emy, basta che non sia quella di Biancaneve. Sai, con la competizione che circola tra noi atlete del Centro Sportivo dei Pattinatori… non si sa mai…»

«*Hihi* hai veramente ragione! È una concorrenza incredibile…»

«Spietata oserei dire».

«Magari tutti i tuoi desideri si realizzeranno appena avrai mangiato la mela…»

«Sicuramente».

Ridevano entrambe spensierate, si sentivano immensamente felici.

Emily teneva con sé un libro nuovo. La copertina era verde e il libro si intitolava "Pattinaggio artistico, che passione!"

Raccontava la storia dello sport del pattinaggio artistico sin dalle origini.

Il romanzo esplorava con grande eleganza lo sport sorto nel lontano Ottocento. All'interno del libro spiccavano le figure principali del pattinaggio e, *dulcis in fundo,* c'erano tantissimi consigli per pattinare sul ghiaccio al meglio!

Un libro magico, la faceva sognare… e decisamente adatto per riprendere l'allenamento.

Il clima che si respirava in pista era naturalmente quello del classico rientro, i sorrisi stereotipati non mancavano; era giunto il momento di tornare alla routine di tutti i giorni.

«Calma ragazze, non fate la coda per venirmi a salutare» scherzava divertito Charles.

«Sei davvero modesto, in realtà ben presto sarai tu a correrci dietro» le ragazze quel giorno erano davvero raggianti.

I numerosi pattinatori si guardavano intorno un po' disorientati ma al contempo curiosi e in cerca di qualche novità relativa alle coppie di pattinatori di artistico. In particolar modo erano in attesa trepidante dell'arrivo del nuovo allenatore.

«Chissà come sarà, quali coreografie ci insegnerà e, soprattutto, chi diventerà la sua pattinatrice preferita?»

I *rumors* circolavano incessantemente.

La curiosità era davvero tanta all'interno dello *"Stars on ice"*, negli spogliatoi le indiscrezioni non si fermavano mai.

Si mormorava dovesse arrivare ad allenare Armin, l'allenatore della nazionale russa, oppure William Sorens, l'olandese del club dei pattinatori arancioni.

Tante erano le indiscrezioni che ogni giorno si sentivano mentre le certezze erano pochissime.

Voci di corridoio, invece, eleggevano tra i papabili Antonio Schön, il giovane allenatore proveniente dal gruppo dei pattinatori austriaci. Tante erano le domande che circolavano nell'*entourage*.

Nell'ambiente, le pattinatrici erano già pronte a primeggiare; c'era una lotta estenuante soprattutto tra la cerchia delle ragazze.

Nel frattempo gli atleti si scambiavano numerosi messaggi su Whatsapp.

«Nuove coreografie, avete dei suggerimenti sui costumi di scena?»

«E se utilizzassimo quelli che sono riposti nel magazzino e che nessuno di noi ha ancora indossato?»

«Qualcuno ha qualche idea alternativa?»

«Si accettano proposte in merito».

«Cosa ne dite ragazzi di utilizzare i costumi d'epoca?»

«Buona idea, altri consigli?»

«A me piacerebbe provare sulla scena il costume di Romeo di William Shakespeare».

«Meraviglioso! Nell'armadio rosso trovate tutto il necessario per l'esibizione, tanti coloratissimi costumi di scena, c'è l'imbarazzo della scelta!»

«Buona fortuna a tutti i pattinatori!»

CAPITOLO SECONDO

Un magico incontro

Era una luminosa giornata di sole quando Emily vide per la prima volta il suo nuovo allenatore. I suoi grandi occhi blu si spalancarono quando lo salutò.

«Buongiorno ragazzi» esordì.

«Il mio nome è Antonio, sarò il vostro nuovo allenatore, spero che il nostro percorso insieme sia per voi motivo di arricchimento personale».

Aveva un non so che di affascinante, sia nel modo di spiegare le tecniche del pattinaggio artistico, sia nel suo portamento.

Emy, infatti, rimaneva incantata nell'ascoltare le sue interessanti lezioni.

Spesso Antonio scendeva direttamente in pista per mostrare a tutti i suoi pattinatori le coreografie migliori, la tecnica perfetta per affrontare la gara, insegnava come prepararsi alla tensione della competizione, a essere leali con gli avversari, a cercare sempre e comunque il *fair play* nell'attività sportiva.

Il nuovo allenatore si esprimeva con estrema chiarezza e naturalezza e possedeva un eccellente modo di comunicare.

«Spero che tra di noi si instauri un buon rapporto, perché ritengo sia fondamentale lavorare serenamente al fine di raggiungere traguardi sportivi importanti. Io credo nelle vostre potenzialità anche se non vi ho ancora messi alla prova».

Antonio aveva un profumo fatato; quando passava lasciava, infatti, la scia di un'irresistibile fragranza muschiata. Pareva avesse spruzzato su di sé il nettare degli dèi! Ricordava a Emily il profumo dei boschi, quando da bambina camminava con suo nonno per le montagne... Faceva letteralmente perdere i sensi.

Infondeva fiducia Antonio, a volte serio, talvolta divertente e sorridente. Aveva un sorriso sereno e sincero che nasceva direttamente dal cuore.

Emily l'aveva notato più di una volta sorridere compiaciuto quando una sua allieva volteggiava sicura sul ghiaccio, oppure quando i pattinatori gli chiedevano spiegazioni circa le tecniche artistiche del pattinaggio.

Si esprimeva con grande professionalità e pazienza. Ogni sua parola era sempre ben ponderata e delicata come se stesse componendo una sinfonia melodiosa.

Lei non aveva davvero mai visto niente di così meravigliosamente perfetto. L'essenza di tutte le più belle qualità, pensava lei. Era intelligente, raffinato e gentile. Ciò che maggiormente colpì Emily era la sua onestà.

Utilizzava un metodo innovativo: affiancava alle classiche lezioni tecniche dimostrazioni pratiche direttamente sulla pista. Mostrava lui stesso la coreografia, accompagnato dalla colonna sonora prescelta.

Emily apprezzava particolarmente le sue lezioni, riteneva, infatti, che finalmente fosse arrivato un allenatore motivante.

«Vi spiego il programma della vostra gara di quest'anno» disse di fronte ai numerosi pattinatori. «Qualora desideriate avere chiarimenti vi lascio la mia e-mail, mi rendo disponibile sin da ora per ogni eventuale chiarimento».

Emily non aveva mai visto in vita sua un *coach* così pacato e allo stesso tempo così attento ai suoi pattinatori, con la passione di insegnare e con la grazia di un uomo d'altri tempi.

Capitava spesso che, mentre spiegava, ci fossero alcuni pattinatori che schiamazzavano, forse un po' gelosi della sua bellezza, forse semplicemente per il gusto di distogliere l'attenzione da lui, ma in ogni caso Antonio proseguiva con immenso autocontrollo il suo interessante discorso.

«Una buona preparazione comporta metodo, sacrificio e dedizione, ma soprattutto passione, ragazzi».

Ci teneva particolarmente a sottolineare l'importanza della motivazione nello sport, come del resto per ogni aspetto della vita.

«La passione vi consente di rialzarvi quando cadrete sul ghiaccio e capiterà tantissime volte. Vi servirà per rialzarvi e per non sentire il dolore, per continuare anche quando tutti vi diranno che non siete più in grado di gareggiare, quando tutti vi diranno di smetterla con il pattinaggio perché sono sacrifici inutili. Credetemi, ci sono passato anch'io e ora sono qui a insegnarvi il coraggio di continuare nonostante le difficoltà che la vita vi porrà innanzi, perché la vita riserva sempre delle sorprese. Quando pattinate voglio sentire il vostro cuore, solo così potrete interpretare al meglio la coreografia e darete un significato profondo alla musica che vi accompagnerà nel corso delle vostre evoluzioni sul ghiaccio. Se pattinerete solo meccanicamente non riuscirete a trasmettere molto a chi vi guarderà. Voglio che la gente abbia la pelle d'oca quando finite la vostra esibizione!»

«Entusiasmo ragazzi, entusiasmo prima di scendere sul ghiaccio!» Ripeteva quasi come un mantra l'allenatore. Antonio riteneva che fosse l'essenza di tutti gli sforzi compiuti.

Erano davvero consigli utili, Antonio non si poneva distaccato e superiore rispetto ai suoi allievi, bensì cercava di insegnare lo sport con grande umiltà.

Leonard, un giorno, si avvicinò a Emily con fare circospetto e con aria superiore

«Perché guardi così profondamente l'allenatore? Mi presti un attimo i tuoi pattini, Emily?» La sua voce improvvisa la sorprese. «Porgimi i tuoi patti-ni» insistette lui.

Gentilmente lei gli passò i suoi lucenti pattini bianchi ai quali era davvero affezionata, perché le ricordavano tutto il percorso che aveva compiuto e i suoi sforzi di ragazzina tenace e determinata.

Leonard, con fare scherzoso, continuò: «Ti amo…»

Perché guardava Antonio e, novità, era innamorato di lei?

Emily non capiva che senso avessero tali parole, ad ogni modo cercò di rispondergli: «Perché, esiste qualche legge che vieta di guardarlo? E il ti amo che hai detto era disinteressato o avevi solamente bisogno dei miei pattini?»

Che domanda strana pensò, poi un attimo dopo tra i due regnò il silenzio.

Emily sentiva nascere una certa empatia e complicità con l'allenatore, non le era mai capitato in tutta la vita.

Era la prima volta che provava una sensazione del genere.

Cercò di non scomporsi più di tanto alle insistenti domande di Leonard, anche se riteneva fosse un tantino esagerato nell'ultimo periodo e di certo non gradiva tale invadente comportamento.

Leonard confessò il suo immenso amore per Emily a Tommy, suo amico di sempre e pattinatore.

«Sai, ho preso proprio una bella cotta per quella ragazza» gli confidò un giorno al termine della lunga giornata.

«Capisco Leonard, ma ti insegno un proverbio che mi diceva sempre mio nonno: non dire gatto, finché non ce l'hai nel sacco!»

«Davvero? Emily non è proprio un gatto, comunque grazie per il consiglio, caro Tommy».

Durante l'allenamento Emily cercava di impegnarsi al meglio secondo le sue capacità e mentre stava eseguendo un *triplo salchow*, si accorse che Antonio la stava guardando con estrema dolcezza.

Lei se ne accorse e si sentì davvero in imbarazzo… a tal punto che, all'improvviso, scivolò rovinosamente sulla pista di ghiaccio.

«Ahhhh, che dolore!» L'urlo rimbombò intensamente.

Emily cadde proprio accanto a Leonard, il quale notò immediatamente il rossore sulle sue gote.

Lei, imbarazzatissima, cercò di rialzarsi e di rifare l'esercizio.

«Accidenti, stai attenta» tuonò all'improvviso Leonard visibilmente infuriato a causa della caduta della partner artistica.

«Che cosa ti è preso, non vedi che distratta come sei rischi di farci uscire dalla competizione? Grazie a te rischiamo di non qualificarci per le gare nazionali».

«Mi sono distratta, scusa Leonard, talvolta può capitare».

«Capitare? Ho fatto proprio un bell'affare ad avere una compagna distratta come te, che non succeda più!»

L'espressione di Emily era decisamente incredula, voleva concentrarsi e possibilmente fare una bella figura, e invece si era ritrovata per terra come un sacco di patate… avrebbero potuto tranquillamente soprannominarla la "*gaffista*".

Leonard era molto arrabbiato non solo per la caduta della sua pattinatrice, ma soprattutto per gli sguardi teneri che si lanciavano lei e il *coach*.

Emily ritornò in sé e proseguì con la coreografia, ma non era affatto semplice dopo aver incrociato l'incantevole sguardo di Antonio.

Perché la guardava con così tanta dolcezza?

«Non importa, Emily» la rassicurò Antonio parlandole dal bordo pista. «Può capitare a tutti di sbagliare, l'importante è risollevarsi sempre, non te lo dimenticare mai. Forza, reagisci».

Leonard fremeva quando scorgeva lo sguardo di Emily e dell'allenatore; sembrava essere geloso. Così si avvicinava cercando un contatto con lei ma Emily era infastidita dal suo modo di fare, non riusciva più a limitare il suo carattere invadente. Se avesse continuato così l'avrebbe fatta innervosire e ciò avrebbe avuto delle inevitabili ripercussioni sulla sua preparazione e, quindi, incidere inevitabilmente anche sulla gara imminente.

I giorni passavano in maniera repentina, l'allenamento proseguiva tra alti e bassi, tra cadute e riprese.

Antonio si presentava in palestra ogni giorno più solare e sorridente che mai. Un giorno chiamò *Emily* accanto a sé.

«Emily, hai un momento da dedicarmi? Vorrei farti vedere…»

«Ma certo coach, sono davvero curiosa di cosa si tratta?»

«Entra pure, accomodati».

La fece entrare nella sua stanza. Era una stanza piena di medaglie e trofei. La luce penetrava attraverso un'immensa finestra. Le vittorie che aveva conquistato in Russia, Romania, Olanda, Francia e nella sua Austria erano in bella mostra sulla sua scrivania.

«Non mi aveva raccontato di tutte le sue numerose vittorie! Che piacevole sorpresa, lei è un campione. Perché mi ha fatta entrare?»

«Vedi Emily volevo farti vedere queste fotografie...»

Le si avvicinò, le parlava delicatamente, il suono della sua voce era davvero melodioso.

Antonio le mostrò un bellissimo album fotografico con tutte le immagini delle sue competizioni, gare veramente difficili nelle quali aveva saputo affrontare la concorrenza con immenso *fair play*.

«C'erano validissimi pattinatori che si confrontavano tra di loro. Vedi, per esempio qui eravamo agli europei. Ho dei ricordi stupendi di queste gare. Anche se non è passato tantissimo tempo da allora, non sono poi così vecchio...» Rideva ironico.

«In questa gara aveva vinto l'oro?»

«Sì, il mio primo oro. L'ho vinto dopo che il Russo Dimitri è caduto. All'epoca era lui il favorito alla vittoria».

«E invece ha vinto lei... sconvolgendo tutti i piani e le previsioni».

«Esattamente, è successo proprio così».

Incredibile quanto avesse vinto l'allenatore.

«Come mai ha portato solo me a vederli?»

«Perché credo che anche tu possa raggiungere gli stessi traguardi, Emily. Non che anche gli altri pattinatori non siano ugualmente bravi e tecnicamente preparati, ma ho osservato attentamente come pattini e, credimi, sembra che tu stia volando. Trasmetti sentimenti che non tutti sono in grado di comunicare... Lo so, non dovrei essere parziale, ma quando si scopre qualcuno di veramente speciale non si può non riconoscerlo, tu hai davvero del talento Emily, dico sul serio».

Emily diventò rossa dall'emozione…

«Davvero? Grazie Antonio» bisbigliò… Era evidentemente commossa.

Mentre stava salutandolo, all'improvviso sentì dei rumori dietro la porta, sembrava quasi ci fosse qualcuno che si fosse appostato con l'intento di ascoltare i loro discorsi.

Per caso qualcuno si era appostato dietro alla loro porta?

I dubbi sorgevano spontanei.

Guardava Antonio insospettita… Che rumore era? Non sembrava vi fosse altra gente nei paraggi. Poi la sua stanza era situata in fondo al corridoio, lontano da tutti...

«È stato un piacere coach, grazie della bella chiacchierata!»

«Di nulla Emily…»

Si strinsero la mano.

Emily aveva poche amiche e anche quelle le aveva perse di vista dopo che le loro strade si erano divise.

Sapeva di dover contare su sé stessa, principalmente.

Le altre pattinatrici ridacchiavano mentre osservavano qualche commento su internet, lei si defilava pensando al prossimo allenamento.

Le piaceva, di tanto in tanto, leggere i libri. I suoi preferiti erano i romanzi storici e sentimentali, era un modo per distrarsi e non pensare agli impegni futuri. Sognava di essere rapita da un cavaliere in un bosco, oppure fanta- sticava su storie ambientate nel passato; in fondo era una sognatrice. Il pattinaggio le permetteva di esprimere tutta sé stessa, mentre scivolava sul ghiaccio si sentiva felice, era come se volasse. Provava la stessa sensazione sia quando leggeva avvincenti romanzi, sia quando metteva ai piedi i suoi lucentissimi pattini bianchi.

I suoi primi pattini li aveva ricevuti la sera di Natale quando aveva sei anni. Era così felice che corse ad abbracciare tutti e saltellava spensierata per la casa, come un gattino quando ha appena ricevuto le coccole. Conservava gelosamente i suoi primi pattini e tutti i ricordi di quando era piccina.

Le sue giornate trascorrevano rapide, l'allenamento proseguiva. L'allenatore era sempre paziente e comprensivo quando sbagliava e la incoraggiava a non perdersi d'animo, mentre Leonard la scherniva continuamente, la faceva sentire male.

«Sei davvero un'imbranata!» le urlava con prepotenza. «Non riesci nemmeno a rialzarti. Ti rendi conto della figura che mi farai fare? Non sei all'altezza dell'impegno che ti sei assunta» incalzava.

«Basta con i complimenti, Leonard».

Emily cercava di sopportare la situazione, anche se iniziava a essere sinceramente infastidita.

Un pomeriggio il *coach* chiese ai pattinatori di eseguire un triplo salto.

«Forza ragazzi! Vorrei vedere il *triplo lutz*».

Seguitò un lungo silenzio senza che nessuno accennasse a muoversi e, successivamente, riprese: «Forza… coraggio, provateci almeno, scendete in pista!» Di nuovo silenzio.

«Scendete in pista» ribadì.

Era chiaro che voleva che i suoi pattinatori provassero a migliorare.

Purtroppo nessuno sembrava volere iniziare.

Emily pensò tra sé e sé "e se mi trovassi io nei suoi panni?! Come mi sentirei?! Non mi piacerebbe affatto vedere che nessuno dei miei allievi mi dia un adeguato *feed back*".

Si sentiva male per lui, e così, nonostante fosse l'unica in quel momento ad avanzare, non guardò nessuno e scese sulla pista di ghiaccio.

Leonard, anche se controvoglia, fu costretto a seguirla.

«Farò questo sacrificio» sussurrò Emily.

Antonio la sentì e sorrise dolcemente, un sorriso dei suoi che la faceva letteralmente sciogliere come un gelato in pieno agosto.

Si sentiva tutti gli occhi degli altri pattinatori addosso ma non le importava nulla, perché sentiva di aver fatto la cosa giusta in quel momento. Le bastava sapere di aver scelto di essere se stessa ancora una volta, anche se, ben presto, avrebbe dovuto pagarne le conseguenze.

Partì la colonna sonora della coreografia. La musica aumentava di intensità e lei si preparò al centro con accanto Leonard, pronto per iniziare l'esecuzione della loro emozionante coreografia.

La tensione era tanta, anche se non si trattava di una vera gara competitiva.

Le lame dei pattinatori scivolavano al ritmo delle Quattro stagioni di Vivaldi.

Lo sguardo di *Emily* era dolce e a tratti teso, aveva la capacità di interpretare la coreografia e di far emozionare, ci metteva il cuore.

Leonard cercava di seguirla, ma il suo sguardo era più assente, anche se tecnicamente non aveva concorrenti.

Emily cercava di fare il suo dovere.

Terminarono l'esercizio con un salto perfetto.

Tutti gli altri si guardarono senza fiatare.

Antonio era visibilmente contento ed emozionato a tal punto che esclamò: «Questo è quello che voglio da voi; la stessa intensità, la stessa interpretazione, voglio che i giudici, quando vi vedranno, provino i brividi dall'emozione, voglio che gli spettatori si commuovano nel vedervi scivolare sul ghiaccio, desidero che applaudano e chiedano il bis, non accontentatevi di eseguire il brano, ma fateci sognare!»

Seguì il suo sentito applauso, che riecheggiò in tutto il palaghiaccio.

CAPITOLO TERZO

Il terribile scherzo

Al termine dell'esibizione Emily fu fermata da Giorgiana.

«Emily, sei impazzita per caso? Stai cercando di diventare la prima patti-natrice? Abbiamo visto come ti guardava Antonio! E non fare la santarel-lina, anche tu lo guardavi profondamente!»

Ridevano divertite tutte in coro…

«Brava, mettiti in mostra come solo tu sai fare».

«Ho semplicemente fatto il mio dovere, avreste dovuto farlo anche voi» ribatté seccata. «È un vostro problema se non avete il coraggio di buttarvi in pista! Perché non siete scese anche voi? La domanda era rivolta a tutti, non solo a me e Leonard!»

«Sentila la maestrina, ha parlato miss perfezione. Ma chi si crede di essere per insegnare a noi il pattinaggio sul ghiaccio? E smettila di fare gli occhi dolci al *coach*, ti abbiamo vista, lo provochi e poi lui si imbarazza. Fini-scila di fare la finta tonta».

Emily quel giorno rincasò seria. Sentiva che le ragazze non erano più dalla sua parte, non che prima avesse avuto numerose alleate dalla sua parte. Ad ogni modo cercava di andare avanti, il suo unico pensiero ora era rivolto all'imminente gara.

A casa l'aspettava all'ingresso la sua gattina Milou che, miagolante e comprensiva, sembrava avesse capito tutto, la sua padroncina quella sera si sentiva davvero triste e un velo di malinconia scese nei suoi occhi.

Le pattinatrici si unirono e decisero di parlare a Leonard...

«Leonard, hai visto come Emily guarda il coach? Non dirci che non hai notato nulla... è ormai evidente l'interesse di Emy nei suoi confronti. Ti guarda come prima? Non sei riuscito a diventare più di un semplice amico nonostante tu ti sia dichiarato e poi non hai notato che ultimamente le brillano gli occhi, che cade distratta sulla pista di ghiaccio e che è cambiata? Dai, ammetti che sei un po' geloso... svegliati Leonard».

«Si è innamorata di Antonio» dissero «è evidente. Leonard, hai perso».

Starnazzavano tutte assieme come anatre impazzite.

«Game over».

«Si vede benissimo».

Vi fu un silenzio imbarazzante.

«Accidenti» Digrignò i denti Leonard. «Io le strapperò il cuore» tuonò.

Leonard era visibilmente arrabbiato, era verde di gelosia.

Tutte le pattinatrici lo prendevano in giro, lo vedevano particolarmente sui nervi.

«Certo che ci sarebbe un modo per screditarla in tutto l'ambiente del pattinaggio artistico e farle una certa pubblicità».

«E quale sarebbe?» Gli chiesero in coro le pattinatrici.

«Vi do un indizio ragazze mie; è una parolina magica...»

«Di quante lettere è composta?»

«Tre lettere».

«Come sei misterioso, oggi, Leonard».

«Altro indizio: si tratta di una parola inglese».

Silenzio.

«Ultimo indizio, è un mezzo di comunicazione molto utilizzato».

«È il *web*» dissero all'unisono.

«Esattamente, avete proprio indovinato. Ho deciso di inventare una storia su di lei e l'allenatore. Cosa ne pensate, ragazze?»

«Idea davvero geniale, Leonard, sei diabolico…»

«Non c'è il rischio che possa venirne a conoscenza?»

«No, state tranquille. Né lei né Antonio sono iscritti ai *social network*, e poi faremo in modo che a raccontare tutto sia una terza persona, probabilmente un'altra ragazza, ma non vi svelo tutti i particolari, altrimenti rischio di rovinare la sorpresa».

«Ci lasci col fiato sospeso?»

«Naturalmente ragazze mie, vedrete che molto probabilmente la sua immagine di perfetta pattinatrice sarà rovinata una volta per tutte.»

"Preferisce fare gli occhi dolci all'allenatore che a me". Pensava tra sé e sé.

«Emily la pagherà e farò in modo di farla uscire dal suo sogno di diventare un'affermata pattinatrice su ghiaccio».

«Hai proprio pensato a tutto, Leonard».

«Eh, già…»

Benedetta stava ascoltando attentamente il piano di Leo.

«Non vi sembra di esagerare un po' con la povera Emily? In fondo, che c'è di male se si è innamorata di Antonio? Mica è colpa sua, a tutti è capitato di invaghirsi di qualche maestro nella vita, mica possiamo fargliene una colpa eccessiva».

«Non scherzare Benedetta, noi non siamo pattinatori di serie B» replicò scocciato Leonard. «Se hai intenzione di difenderla diccelo subito, così evitiamo di farti sapere gli sviluppi della vicenda».

Le ragazze non stavano più nella pelle. Oramai Leonard ed Emily erano diventati avversari più che partner artistici. La situazione costituiva sicuramente un vantaggio per le concorrenti sportive, infatti, loro avrebbero potuto primeggiare.

«Emily!» urlò Leonard. «Lo sai vero che il nostro allenatore non è molto amato?»

Emily non capiva il senso di tali parole. Quelle affermazioni le avevano procurato enorme dispiacere. Sicuramente qualcuno era invidioso di lui. Ai suoi occhi diventò ancora più interessante.

Tanta perfezione, però, scatenò giorno dopo giorno la spirale dell'invidia e della cattiveria, ed Emily venne inclusa in quell'uragano inconsapevolmente. Essendo una persona distinta, intelligente e riservata era prevedibile che qualche gelosia potesse sorgere all'interno dell'*entourage* e poi, oltre che un bravo allenatore, era veramente affascinante.

Très Charmant!

La verità è che quella storia incominciava a dare fastidio a molti nell'ambiente del pattinaggio, e i *rumors* cominciavano a circolare insistentemente.

Nessuno aveva mai regalato niente a Emily, e anche questo le servì nella vita.

Le gelosie erano in agguato.

Avrebbe dovuto essere forte e superarle, perché aveva capito che lì dentro le avrebbero reso la vita davvero difficile.

Sensazioni che, purtroppo, col tempo divennero realtà. Nei mesi a venire non l'avrebbero lasciata in pace. Non si trattava pertanto di mere suggestioni.

Lei stava percependo questo clima, lo si intuiva quando scendeva in pista per provare un salto.

L'unico che sembrava la capisse era Antonio, che aveva sempre parole di conforto per lei, la incoraggiava giorno dopo giorno, non l'aveva mai fatta sentire inferiore, né inadeguata.

Non la giudicava, anche se qualche volta non era in grado di eseguire alla perfezione una piroetta, o un *triplo lutz*, semplicemente le sussurrava: «Io ti aspetto *Emily*, quando ti sentirai pronta per l'esecuzione, me lo dirai, non ti preoccupare».

Leonard, invece, in più di un'occasione si era dimostrato incapace di offrirle una vera amicizia.

Mentre pattinava sotto lo sguardo vuoto di Leonard, Emily pensava "non mi lasci sola coach, mi porti via… lontano da tutti!"

Riusciva in tal modo a estraniarsi e a fingere di essere trasportata da Antonio, solamente così riusciva a dare il meglio di sé.

Si sentiva in gabbia. Non poteva che stringere i denti e andare avanti, giorno dopo giorno, cercando di resistere alle avversità, il bello ad ogni modo doveva ancora venire.

In tutto questo tempo, Leonard da presunto "amico" stava diventando *nemico*, ma Emily si concentrava sulla gara e non perdeva tempo come gli altri a parlare sui *social network*, occupandosi argomenti privi di alcun tipo di significato.

Il mondo virtuale per ora non l'attraeva, preferiva quello reale. Non concepiva che le persone dovessero per forza iscriversi sui *social network* per socializzare. Quando ci si vedeva ogni giorno al pala ghiaccio non le rivolgevano nemmeno la parola, incominciava a sentirsi sola.

Capitava spesso che, quando cercava di porre domande, le risposte fossero evasive e imprecise.

«Non lo so» le dicevano infastidite.

«Mah… chiedi a Leonard».

Capiva naturalmente che erano risposte false e volte a non renderla partecipe più di nulla, ma Emily cercava di farsi forza e di perseverare.

"Non devo perdere la speranza" pensava.

Dopo tanti tentativi, si era stancata di dover mettere il tappeto rosso ogni volta che parlava con loro.

Lara continuava a evitarla ogni volta che lei scendeva sulla pista, oppure, quando per caso si incontravano, voltava la faccia dall'altra parte, e come lei molte altre compagne di allenamento che ridacchiavano in continuazione.

Che clima terribile si era creato!

Un bel giorno, mentre stava esercitandosi a compiere un angelo, una sua compagna di pattinaggio le si avvicinò.

«Ti piace divertirti con il coach e con Leo, eh?» rideva.

«Cosa? Non mi sto divertendo né con Antonio, né con Leonard!» ribatté molto seccata.

Emily era arrabbiata; sentiva che stavano prendendola in giro e che molto probabilmente ciò era dovuto ad invidie e gelosie, probabilmente la complicità sorta con l'allenatore dava fastidio a molti. L'obiettivo primario sicuramente era quello di farla distrarre prima della gara.

«Forza!» urlava *Antonio* ai suoi pattinatori. «Tra poco ci sono le gare scendete tutti sul ghiaccio».

Il gruppo dei pattinatori era riunito sulla pista e tutti quanti volteggiavano leggiadri sul ghiaccio appena rifatto.

Era incantevole la sensazione di pattinare dopo il rifacimento del ghiaccio. Gli atleti sembravano angeli in volo, le loro lame scivolavano facendo vibrare il ghiaccio, gli occhi di Emily scintillavano dalla gioia a ogni evoluzione.

CAPITOLO QUARTO

La sfida

Le critiche a Emily iniziarono a piovere come la pioggia in una grigia giornata londinese. Di certo le sarebbero servite per crescere, perché erano utili anch'esse. In ogni caso le avrebbe evitate volentieri, se avesse potuto.

Aveva appena terminato la sua esibizione quando dal fondo della pista si sentì una frase: «Emily Cortese ha sbagliato, guardate come ha fatto male il *triplo lutz*».

Non riusciva a identificare l'autore della frase che era riecheggiata nella grande palestra.

Di sicuro non proveniva dall'allenatore. Nessuno aveva mai criticato un altro pattinatore. Il tono era decisamente offensivo e irritante. Si sentiva migliore di lei per giudicarla?

Dopo l'affermazione si sentiva sfidata, si guardava attorno cercando di incrociare lo sguardo di qualche ragazzo. Cercava qualcuno che lo sostenesse, ma le teste erano abbassate, gli occhi degli altri non la guardavano e l'indifferenza sembrava farla da padrona.

Nessuno sembrava essere dalla sua parte.

Per fortuna che Antonio aveva ascoltato tutto e le si avvicinò dolcemente dicendole: «Non ti preoccupare cara Emily, il tuo programma andava bene. Qualche piccolo errore ci può stare, ma non era male». Le sorrise simpaticamente… Aveva uno sguardo estremamente comprensivo e dolce, non da giudice severo, bensì da vero amico.

Questo affronto era davvero stato troppo per lei. Temeva di dover affrontare queste difficoltà sempre più sola. Tutti potevano sbagliare e lo facevano, ma non venivano giudicati. Tranne Emily e Antonio.

Era un bersaglio da colpire come se qualcuno volesse fargliela pagare.

Durante un giorno piovoso, Simone le aveva rubato il suo zaino nello spogliatoio facendo finta di nulla ed inventando la scusa che anche lui ne possedeva uno identico, ma Emily non era convinta. Venne a sapere che aveva chiesto a tutti tranne a lei se era di qualcuno, dopodiché aveva deciso di prenderlo con sé.

Piccoli gesti che facevano capire quanta distanza ci fosse ormai tra Emily e il resto dei ragazzi, lei del gruppo non faceva praticamente più parte, ma se la condizione era che avrebbe dovuto cambiare sé stessa, allora non le stava più bene.

Gli affronti personali non erano finiti. Veniva quotidianamente punzecchiata.

«Dai Emily, ammetti che ti piace il coach, lo sai che è un buon partito? Ti aiutiamo noi, non ti preoccupare!» Ridevano scherzando continuamente e ironicamente.

«A cosa vi state riferendo?» diceva lei.

A parte ammiccamenti e provocazioni non riceveva risposte.

Decise di rivolgersi a Leonard.

«Vorrei parlarti».

«Proprio ora? Non ho davvero tempo». Si infilò i pattini rapidamente.

«Ehi Leo» urlò Lara. «Quando ti decidi a vendicarti? Sul *social network* non abbiamo ancora visto nulla... Il tuo piano infallibile non lo metti in atto?»

«Con calma ragazze, sto pensando ai dettagli».

Ora era il turno di Leonard ed Emily. Dovevano pattinare sulla musica di Romeo e Giulietta di Nino Rota.

La musica iniziò; l'interpretazione doveva essere impeccabile e, possibilmente, verosimile. Difficile trovare l'intesa giusta. Leonard iniziò a volteggiare attorno a Emily. Il ritmo della sinfonia si fece più struggente e sicuramente emozionante. Era il momento più difficile nel quale Leonard doveva sollevare Emily. Sembrava fosse pronto per farla roteare in aria quando, all'improvviso, lasciò cadere la presa ed Emily scivolò duramente sul ghiaccio. E con lei cadde anche la rosa che aveva in mano il moderno Romeo.

Si sentì un urlo straziante. Quello di Emily.

«Chiamate subito il soccorso!» disse Antonio, evidentemente preoccupato, ai responsabili della pista di ghiaccio.

In meno di quindici minuti arrivò l'ambulanza che la trasportò nel più vicino ospedale.

«Stai tranquilla, Emy» le sussurrò. «Vedrai che andrà tutto bene, sono sicuro». Cercava amorevolmente di consolarla.

In ospedale si respirava un'aria tesa. Accanto a Emily c'era Antonio che le teneva la mano e la stringeva a sé.

«Forza Emily, forza non mollare, resisti...»

«Non riesco a muovermi». La gamba le faceva molto male.

«Dottore, come sta?»

«La ragazza ha una frattura alla gamba destra, molto probabilmente ne avrà per qualche mese». Il medico entrò nella stanza, il suo volto era sereno e accogliente. Aveva all'incirca una quarantina d'anni. Diede la notizia a Emily pacatamente, comunicandole l'esito con estremo garbo.

«Guarirai» le sussurrò Antonio «sono sicuro che guarirai». Pronunciò quelle parole quasi commosso.

Antonio aveva con sé un mazzo di fiori per Emily. Era la pianta delle pervinca.

«Conosci la storia delle pervinca?»

«No, ignoro totalmente la sua origine. Raccontami…»

«Si narra che nel lontano XVII secolo fosse considerata un'erba sacra a Venere e se le foglie venivano mangiate dai coniugi si propiziava l'amore tra loro…»

«Che leggenda romantica, che significato hanno?»

«Vinca deriva dal latino e significa legare…»

«Non riuscirò ad essere presente alla prima gara».

«Sì, ma riuscirai a riprenderti, coraggio, abbi fede e prega Dio cara, sei una ragazza forte e determinata».

«Grazie infinite».

Nel frattempo entrò dalla porta Leonard.

Vide accanto al letto dell'ospedale l'allenatore il quale stava stringendo la mano a Emily. Divenne rosso per la rabbia.

La salutò: «Ciao Emy».

«Ciao Leonard».

«Cosa ti hanno detto i dottori?»

«È una frattura alla gamba destra, ne avrò per alcuni mesi».

Leonard non diceva nulla, l'immagine di lei e di Antonio vicini l'aveva mandato su tutte le furie. Era geloso. Poi riprese: «Accidenti, non ci voleva proprio farti cadere, mi sei scivolata durante la presa io… ehm… veramente…»

«Non ti preoccupare, Leonard, era destino che succedesse, a volte certe cose devono andare in un determinato modo. Credo fermamente che ci sia un disegno per tutto quello che ci accade, mi riprenderò, vedrai».

I visitatori la salutarono e, poco dopo, se ne andarono via.

«Buona serata, Emily».

«Ciao e grazie per essermi stati vicini».

Mentre era in ospedale a Emily venne in mente quando Leonard l'aveva accompagnata in macchina per portarla a casa dato che abitavano non tanto distanti. Aveva ricordato che, mentre parlava a volte in maniera irriverente nei suoi confronti, le aveva messo una mano sulla gamba. Aveva provato una sensazione davvero spiacevole.

Lei credeva che fosse un amico, mentre lui avrebbe voluto altro da Emily.

Siccome non poteva scappare da questa situazione, essendo obbligata a pattinare in coppia con lui praticamente quasi ogni giorno, avrebbe cercato di tenerlo lontano il più possibile fuori dagli allenamenti, per evitare spiacevoli fraintendimenti.

Nel frattempo le ragazze continuavano a ignorarla. Ridevano quando la vedevano al Centro Sportivo, e mormoravano.

Lara, come di consueto, non le dava assolutamente risposte. L'avevano isolata e sembravano andarne orgogliose.

Il clima generale si fece ancora più pesante quando Emily ebbe l'ennesima frecciatina, questa volta si intromise l'addetta alla pista che si chiamava

Consuelo. Era una donna robusta e davvero pettegola. Amava trascorreva le sue giornate parlando un po' con tutti, curiosa e invadente. La si riconosceva per i suoi grandi occhi scuri. La camminata un po' appesantita dagli anni. Aveva un'evidente simpatia per Leonard e non la nascondeva affatto, tanto che quando passava lo baciava e lo abbracciava energicamente.

«Potrebbe essere mio figlio» diceva quasi a volersi giustificare ogni volta che la vedevano scambiare gesti affettuosi e talvolta anche ridicoli, con lui.

Ad ogni modo un pomeriggio Emily le si avvicinò per chiederle gentilmente se il ghiaccio fosse stato appena rifatto...

«Come sei bella oggi, Emily, sei la fidanzata di Antonio? Lo conosci bene?»

Emily non credeva davvero alle sue parole. La fidanzata del coach? Aveva sentito bene? Se la più pettegola le aveva parlato così, era probabile che qualcuno avesse chiacchierato...Voci di corridoio. Chi poteva aver insinuato ciò? Stavano davvero esagerando. Si era stufata di essere presa in giro, così decise di non parlare più con nessuno, salvo che con l'allenatore e per forza di cose anche con Leonard.

Emily decise di adottare una tattica, visto che ormai l'avevano più volte attaccata, ed era la strategia del silenzio. Se si fosse mantenuta silenziosa e distaccata sarebbe stato difficile prevedere le sue future mosse.

Di sicuro la sopravvivenza sarebbe diventata difficile ma questo era il prezzo che avrebbe dovuto pagare per non cadere nella loro trappola. Quando si imponeva di fare qualche cosa, di solito riusciva a mantenere fede al suo impegno, anche se costava fatica. E così fece...

Ci rimasero male quando capirono che Emily non parlava più e non poneva più domande, così la loro curiosità non fu più appagata.

CAPITOLO QUINTO

Il mistero

Le altre coppie di pattinaggio artistico avevano iniziato le coreografie e lei attendeva   pazientemente il momento in cui avrebbe ripreso ad allenarsi. Non stava più nella pelle.

Nel frattempo il suo partner artistico continuava ad allenarsi costantemente. Non tardò ad attuare il suo piano.

«Guardate un po' qua» disse soddisfatto e allo stesso modo crudele Leonard. «Emily Cortese, la pattinatrice che si diverte contemporaneamente sia con il coach, sia con il suo partner sul ghiaccio».

«Alla fine del giochino sceglie *Leonard,* un bell'esempio di sportiva, non c'è che dire davvero brava. Ahahah guarda quanti commenti via *web*. È davvero diventata una star del pattinaggio nota nel mondo dello spettacolo! Ora tutto l'universo conosce la vera Emily Cortese».

«Certo che sei spietato» rise Lisa mentre provava un difficile *lutz*.

«Alla tua partner di artistico hai procurato una frattura alla gamba destra e ora la diffami via web».

«Così impara a fare gli occhi dolci agli altri. Sono io il suo compagno! Chi si crede di essere? Deve stare con me» disse arrabbiato e risentito.

Emily continuava ad attendere che la sua gamba migliorasse, ma ci voleva del tempo prima che potesse ricominciare a scivolare sul ghiaccio come era stato prima del suo terribile infortunio. Le mancava il rumore che fanno le lame sul ghiaccio, la sensazione di libertà che si prova solamente scivolando sulla pista.

Si sforzava di ricordare le parole di Antonio, così dolce e rispettoso nei suoi riguardi: "Reagisci, forza cara Emily", lui era un grande motivatore.

Il tempo trascorreva inesorabilmente.

Nonostante tutto non si perdeva d'animo e cercava di osservare pazientemente le coreografie degli altri pattinatori, si imparava sempre guardando gli altri.

Nel frattempo Leonard completava il suo piano diabolico inventando storie incredibili che avevano come protagonisti lui, Emily e l'allenatore.

Sul social network tutti commentavano e nell'ambiente del pattinaggio era ormai diventato l'argomento del giorno.

«Guarda qui» ridacchiava Lara. «Emily, la ragazza che si diverte a provocare tutti, la bomba sexy cosa non farebbe pur di diventare famosa e sfondare nel mondo del pattinaggio artistico. È indecisa se spassarsela con Leonard o con il coach! Che decisione ardua…»

«E chi l'ha detto?» mormorò Billy.

«Lo dice Cloe, una ragazza che la conosce bene a quanto pare e che si diverte ad organizzare *hot party* in giro per la città».

«Che conoscenze ha la nostra Emily… altro che salti sul ghiaccio!»

«Incredibile davvero». Tutti mormoravano incessantemente.

«Hai capito cosa fa la nostra Emily invece che allenarsi…»

Ridevano.

Tutti ridevano di gusto leggendo i vari commenti. Leonard, inoltre, aveva postato alcune fotografie ritoccate di Emily e, con *photoshop,* aveva aggiunto anche quelle di Antonio. Le fotografie erano state assemblate tutte a regola d'arte.

Emily e Antonio non sapevano nulla in merito al terribile scherzo.

Passarono i giorni, Emily stava decisamente meglio e non vedeva l'ora di comunicarlo anche al suo allenatore.

Si sentiva davvero raggiante, sembrava aver dimenticato la terribile caduta che le era capitata. Stava per dargli la buona notizia, quando scorse il suo sguardo davvero preoccupato e severo. Così non lo aveva mai visto prima di allora.

Emily lo guardava fisso negli occhi senza dire nulla.

L'atmosfera era molto tesa e l'aria incominciava a essere decisamente irrespirabile, a tratti pesante.

Erano entrambi in piedi e continuavano a restare uno di fronte all'altro.

Non c'era bisogno di parlarsi, spesso si capivano senza dirsi nulla. Era la prima volta, nella sua vita, che Emily capiva un uomo senza aver bisogno di parlargli.

Sembrava che stesse cercando di intuire se lei centrasse in qualche situazione. Continuava a guardarla fisso nei suoi occhi senza mai abbassare lo sguardo.

Lei non abbassava i suoi occhi blu e dentro di sé sembrava dicesse: "Qualsiasi cosa è successa io non c'entro nulla Antonio e non posso nemmeno immaginare cosa sia realmente accaduto, mi creda, io non centro nulla, la prego mi creda".

Si guardarono intensamente per tre minuti senza parlare, dopodiché il coach si avvicinò deciso a lei.

«Dovrei parlarti con urgenza».

«Va bene».

«Usciamo dal palazzetto…»

Entrambi uscirono.

Antonio camminava velocemente ed Emily faceva fatica a stargli dietro.

«Siediti qui». Continuava a guardarla mentre le parlava ora in maniera più dolce rispetto a prima.

Fuori c'era un forte vento ed Emily cercava di raggomitolarsi come un gattina infreddolita nel suo lungo cappotto verde.

«Che freddo pungente» disse.

«Sì, sta quasi per nevicare, il cielo è molto nuvoloso».

Dopo un breve silenzio l'allenatore le parlò.

«Emily, per caso conosci una ragazza che si chiama Cloe, la quale si diverte a organizzare festini e che utilizza sostanze stupefacenti?» Il suo tono di voce non era inquisitorio, semplicemente voleva capire la verità, in modo da dissipare ogni tipo di dubbio in merito.

Lei rimase sconcertata. La sua domanda era alquanto strana, certo che si fidava proprio di lei, pensò.

«No, non la conosco affatto» rispose decisa e allo stesso tempo un po' irritata.

Il suo viso da luminoso si fece teso.

Doveva essere successo qualcosa di veramente preoccupante se Antonio l'aveva convocata così solennemente e le poneva numerose domande.

«Ti spiego, Emily». Arrossì. «In questi giorni stanno accadendo episodi alquanto strani. Continuo a ricevere dei messaggi da questa ragazza e volevo accertarmi che tu non sapessi riconoscerla».

«No, purtroppo non saprei come aiutarla, mi dispiace tanto».

Rimasero in silenzio, un silenzio imbarazzante. Poi Emily si fece coraggio.

«Ha un volto questa ragazza? O meglio, esiste?»

Antonio non le rispose ma la continuava a guardare in modo alquanto strano.

«Se vengo a conoscenza di chi possa essere non esiterò a dirglielo».

«Grazie Emily».

Dal cielo, in quell'istante, iniziarono a cadere dei leggiadri fiocchi di neve. Amava la neve quando scende soffice sulle persone e sulle case e l'atmosfera diventa rarefatta. Adorava guardare il manto nevoso che lieve scende sui tetti, dipingendo il paesaggio di immenso romanticismo. Sembra che per un attimo tutto si fermi e che ogni male e violenza esistenti nel mondo lascino spazio alla fragile e splendente neve, che cancella in un attimo tutto rendendo il paesaggio incantevole e fiabesco.

Così Emily vedeva la neve.

Terminata la conversazione con l'allenatore, lei era sempre più incredula e dubbiosa. Come mai alla domanda se esistesse quella ragazza il coach aveva guardato lei così intensamente? Forse le nascondevano qualcosa.

Inoltre, come faceva ad avere il recapito telefonico del coach?

Troppi dubbi le facevano girare la testa, mentre doveva concentrarsi esclusivamente sulla gara della sua vita.

Oltretutto aveva dimenticato di dire ad Antonio che stava meglio e che si sentiva pronta a tornare sulla pista di ghiaccio per dimostrare che, nonostante tutto, lei rimaneva la Emily di sempre. Nonostante l'infortunio e ora anche il mistero di questa Cloe.

In realtà un volto questa Cloe lo aveva, infatti nei messaggi che Antonio riceveva si spacciava per una sua amica, ma lei non lo sapeva.

Perché allora Cloe doveva conoscerla?

Il mistero si infittiva sempre di più.

Emily era ignara sia del caso *"doping"*, sia della presunta tormentata storia d'amore tra lei, l'allenatore e Leonard.

Insomma era serena e inconsapevole, finché un giorno accadde qualcosa di davvero insolito.

Era sera, il consueto allenamento si era concluso. Emily, nel rientrare, notò qualche cosa sul pavimento che per sbaglio era caduto. Si trattava di un biglietto che era scivolato involontariamente a qualcuno. Incuriosita iniziò a leggerlo.

Chissà a chi apparteneva.

"Ciao Emily,

Tu non sai ancora cosa ti aspetterà, ma sappi che qualcuno ti ha preparato una vera e propria trappola, dalla quale farai molta fatica a uscirne.

Da oggi in poi sarà molto difficile, hai sbagliato e ora paghi le conseguenze dei tuoi errori".

Dopo che *Emily* ebbe letto il bigliettino un brivido, all'improvviso, le percorse tutta la schiena. Cosa doveva aspettarsi e chi era che le aveva teso una trappola?

Come avrebbe fatto a fidarsi degli altri dopo che aveva letto quel biglietto? I timori iniziavano ad aumentare e le domande sorgevano spontanee.

Iniziava ad avere il presentimento che anche gli altri compagni, atleti ed amici, sapessero molti particolari sulla vicenda che a lei, invece, erano stati ovviamente nascosti.

Aveva notato un clima particolarmente strano ultimamente al Palazzetto del Ghiaccio, fatto di sorrisini, silenzi ma soprattutto di isolamento.

Doveva agire immediatamente per capire cosa stava succedendo.

Evidentemente turbata, prese con sé la lettera, la inserì nel suo diario rosso, afferrò i suoi lucentissimi pattini bianchi, mise tutto all'interno del suo zaino e uscì dal palazzetto preoccupata.

Fuori l'aria era gelida… il vento soffiava molto forte.

Emily sperava davvero di non incontrare nessuno, poiché non era dell'umore adatto. Era spaventata e non sapeva più dove sbattere la testa. Non appena ebbe varcato la soglia della porta, improvvisamente, vide Antonio.

Al solo vederlo stette meglio, ma durò solo un attimo fugace. Era di umore pessimo anche lui, la salutò uscendo dallo *Stars on ice*.

CAPITOLO SESTO

Un nuovo arrivo

L'indomani Emily era evidentemente preoccupata e pensierosa. Si mise in pista anche se la sua mente era altrove. Trottole e angeli per riscaldamento. Sentiva le gambe indolenzite e non riusciva a concentrarsi al meglio. Nonostante tutto scendeva in pista e cercava di affrontare ogni esercizio con grande umiltà.

Si stava allenando intensamente sulla pista di ghiaccio, quando all'improvviso Antonio le si avvicinò.

«Tutto bene?» Le disse sorridendole.

«Non riesco a perfezionare il *triplo lutz*, provo e riprovo, ma nulla di fatto. Non capisco dove sbaglio».

«Non preoccuparti, ti mostro il segreto» le sussurrò.

Con un balzo repentino Antonio salì sulla pista di ghiaccio.

Iniziò a volteggiarle leggiadro e allo stesso tempo sicuro di sé. Scaldatosi, le mostrò un bellissimo *triplo lutz*.

«Vedi, si inizia piegando le gambe per darsi la spinta, poi ci si sposta sul lato destro in questo modo, e infine si salta!» Compì un meraviglioso triplo *lutz*.

Mentre le stava spiegando iniziò a rifarlo e all'improvviso lei si avvicinò all'allenatore e insieme caddero sulla pista di ghiaccio, abbracciati l'uno all'altro.

Le gote di Emily diventarono rosse dall'imbarazzo. Non era mai stata così vicina al suo allenatore. Notò che anche lui era emozionato. I loro corpi erano vicini e il contatto li scaldava. I battiti del suo cuore iniziarono a farsi più accelerati.

Lui la guardò teneramente e si rialzò aiutandola come un vero e proprio gentiluomo.

All'improvviso notò che nella pista di ghiaccio sopraggiunse un nuovo atleta.

«Ragazze dobbiamo dare il benvenuto al nostro nuovo pattinatore!»

Emily e Antonio si ricomposero, ma i loro sguardi erano intensi, da veri innamorati.

Le altre ragazze erano curiose di sapere chi fosse e già mormoravano per tirare ad indovinare da quale parte del mondo provenisse.

Lui, da parte sua, si cambiò in fretta e iniziò i suoi esercizi in pista in maniera del tutto naturale e sciolta. Compiva straordinarie trottole.

Emily fu colpita immediatamente dal nuovo pattinatore quasi che, come d'incanto, avesse dimenticato la lettera del giorno prima trovata per caso.

Al termine dell'allenamento il giovane si avvicinò a lei, sotto lo sguardo delle altre atlete e anche di Leonard.

«Mi avevano detto che eri una bella pattinatrice, ma si sbagliavano».

«Davvero? Perché?»

«Perché non sei bella...»

Emily lo guardò incredula.

«Sei bellissima» le sussurrò.

Le gote di Emily si fecero rosso fuoco, notò inoltre che l'espressione del nuovo pattinatore si faceva sempre più affascinante e decisamente interessante.

“Chissà quale buon vento deve averlo condotto sino a qui” pensò.

Di certo quella era stata per lei una piacevole sorpresa. Era davvero un ragazzo misterioso e sicuro di sé.

«Chi sei e da dove vieni?»

«Sono Igor e vengo dalla scuola russa dei pattinatori di Mosca» disse con un pizzico di orgoglio.

«Caspita, deve essere una scuola molto impegnativa!»

«Molto severa, tuttavia ti prepara al meglio per affrontare le gare sia nazionali che internazionali. Una vera palestra di vita. Tu invece sei Emily».

«Hai indovinato, come fai a conoscermi?» chiese curiosa.

«Sei famosa anche dalle nostre parti, sai?»

Igor rideva.

Non pensava di essere conosciuta anche a Mosca.

Emily ignorava il motivo per il quale era conosciuta anche lì.

“Sarà poi vero, oppure avrà compiuto delle ricerche su di me?”

Igor baciò la mano a Emily da vero cavaliere e la salutò con grande gentilezza. Un vero galantuomo!

Lasciata Emily, Igor si diresse verso Leonard.

Emily ormai era andata.

«Bravo Igor, ottimo lavoro! Sapevo che fossi un eccellente casanova, ma non pensavo così».

«Credo che la ragazzina sia cotta a puntino».

«Speriamo non si accorga di nulla!»

L'indomani mattina Igor si trovava già in pista. Stava provando la sua esibizione sulle note di James Blunt *You are beautiful*. Una musica dolce e allo stesso tempo emozionante.

«Si vede che ha studiato in Russia!» Dicevano dal bordo pista.

Applausi intensi riecheggiavano nel palaghiaccio.

Igor era molto felice di pattinare, scivolava con grande leggiadria, quasi che fosse tutt'uno con il ghiaccio. Emozionante la sua esibizione a tal punto che, al termine della stessa, Antonio gli fece i complimenti.

«Stupendo lavoro Igor, se fossi un giudice ti avrei dato il massimo del punteggio».

«Grazie allenatore».

«Hai già fatto gare?»

«Sì, in Russia ho vinto la medaglia di bronzo alle nazionali».

«Complimenti davvero».

«Che immagine hai nel diario?»

«Si tratta di Plushenko, il famoso pattinatore russo vincitore di numerose medaglie!»

«Un grande campione».

«Sì, concordo».

Emily era nei paraggi.

«Ciao Emily».

«Buongiorno coach!»

«Come procede il tuo allenamento?»

«Alti e bassi, purtroppo sono giorni che non rendo al massimo, ma non demordo».

Igor ed Emily si guardarono.

Antonio notò subito che tra loro c'era del tenero.

«Vi conoscete?»

«Sì, ci siamo conosciuti ieri per la prima volta».

L'allenatore sembrava davvero un adolescente, forse era anche un po' imbarazzato tanto che divenne improvvisamente rosso come un pomodoro.

«Vuoi uscire a prenderci un caffè?» disse Igor ad Emily

«Volentieri, grazie».

«Arrivederci allenatore, buona serata».

«Anche a voi ragazzi, a domani».

CAPITOLO SETTIMO

Il Sorriso di Venere

I ragazzi uscirono insieme dal palazzetto, i loro passi si facevano sempre più frettolosi.

«Guarda Emily, sulla destra c'è un ristorantino davvero incantevole. Se vuoi potremo fermarci lì».

«Sono tentata Igor, si sente un profumino invitante di mare».

«Adoro il pesce».

«La vie en rose... mh...»

«Sì, fermiamoci qui, mi sembra il posto giusto».

Il ristorante era spazioso con finestre che ricordavano antiche navi francesi. I tavoli erano ben apparecchiati. Al centro del tavolo c'erano candele profumate e colorate che rallegravano il ristorantino. L'atmosfera che si respirava era intima e davvero rilassante.

«Mi piace questo ristorantino» disse Emily.

«Anche a me» disse Igor.

«Abbiamo gli stessi gusti, è incredibile!»

La musica in sottofondo era quella di *What a Wonderful World* di Louis Armstrong. Sembrava tutto perfetto. I camerieri erano vestiti in impeccabile vestito nero con *papillon* e salutavano i clienti in francese.

«Bounjour mademoiselles et monsieurs... Voilà le menù...»

«Merci».

Scelsero un buon risotto ai frutti di mare e un secondo a base di verdura.

La serata era davvero speciale.

All'improvviso, mentre stavano servendole il dolce, un giovane cameriere prese coraggio e le si avvicinò dicendole: «Buonasera signora, scusi il disturbo. L'ho notata da quando è entrata, la sua bellezza non lascia indifferenti».

«Sono lusingata» sussurrò Emily e arrossì.

«Mi sembra di averla già conosciuta».

«Non credo di averla incontrata prima d'ora. Aspetti... lei è?»

Sorrideva sornione.

Li guardava interessato.

Il giovane cameriere aveva due occhi smeraldo molto profondi, brillanti e vispi. Un ragazzo affascinante.

«Ma certo, ora ricordo. Spero di non fare *gaffe*... Lei è Emily Cortese, la straordinaria pattinatrice sul ghiaccio!»

«Sì, confermo. Sono io, la ringrazio per la "straordinaria". Sono lusingata! Come ha fatto a riconoscermi?»

«Ho una grande passione per il pattinaggio. Quando non servo al *"Vie en rose"* seguo attentamente ogni tipo di gara, soprattutto quelle in cui lei pattina, non ne perdo una».

«Dammi pure del tu senza problemi».

«Posso chiederti gentilmente un autografo?»

«Volentieri».

Le porse un'agendina blu e una penna nera con la quale lei firmò l'autografo.

«Il tuo nome?»

«Angelo».

Ad Angelo.

Ti auguro tanta felicità!

Che tu possa avere una vita ricca di belle emozioni,

Con simpatia.

Emily Cortese

I due pattinatori riscuotevano un enorme successo tra i clienti del ristorantino. In molti infatti chiedevano l'autografo contenti di averli incontrati.

La luce delle candele illuminava i loro volti.

All'improvviso Igor ricevette un messaggio sul suo cellulare: "È tutto pronto, siamo qui al Sorriso di Venere".

"Perfetto, tra poco ti raggiungo".

«Va tutto bene?» chiese Emily.

«Sì, cara. Sono solo un po' stanco di restare seduto qui. Desidero prendere una boccata d'aria fresca. Ti andrebbe di uscire?»

«Sì, ottima idea!»

«Chiedo il conto al cameriere».

Dopo aver pagato il conto e salutato i camerieri uscirono dal ristorante.

Fuori faceva molto freddo.

«Avvicinati a me» disse Igor «così sentirai meno freddo».

Si fidava di Igor. Iniziò ad avvicinarsi a lui lentamente. Igor le prese la mano e avvertì subito che il calore che si sprigionava dalla sua iniziava ad espandersi in tutto il corpo.

Camminarono per una mezz'oretta mano nella mano, fino al punto del ritrovo: il Sorriso di Venere.

«Wow guarda Emily, siamo arrivati al famoso locale *Il sorriso di Vene-re...* ho proprio voglia di divertirmi e ballare stasera! Dai entriamo e facciamo *Ginger and Roger*!»

«Tu non stai bene...»

«Ahahah».

«Davvero divertente».

«Non ho voglia di ballare stasera».

«Emily, non farti pregare. Hai bisogno anche tu di divertirti un po'».

«Hai proprio ragione, mi hai convinta».

«Entriamo e sbalordiamo tutti».

Appena entrati notarono che c'era un manifesto sulla porta d'ingresso del locale.

"Stasera serata a tema con musiche tratte dai film famosi".

Il sorriso di Venere era un famoso ritrovo chic di tutti i pattinatori internazionali.

Emily aveva tanta voglia di divertirsi con il suo cavaliere.

Stavano suonando un noto pezzo di *Grease* quando entrarono in pista.

C'erano tantissime persone che volteggiavano disinibite tenendo tra le mani pittoreschi cocktail fruttati.

«Vieni cara avvicinati pure al bancone, desidero offrirti un drink» le disse lui.

«Ti ringrazio Igor, ma non ho sete».

Sorrideva sicuro di sé, mentre non perdeva l'occasione di ammiccare anche alle altre fanciulle presenti nella sala, da vero casanova.

Appena Emily si avvicinò alla zona bevande Igor tossì.

Questo era il chiaro segnale per Leonard, il quale si era nascosto nelle vicinanze in attesa dell'arrivo dei due pattinatori.

Al segnale ricevuto spuntarono, improvvisamente, accanto all'ignara Emily due ragazze appariscenti che ridevano senza alcun ritegno, vestivano di *paillettes* con minigonne e boa posati sul collo e un ragazzo giovane il quale non riusciva a capire cosa stesse facendo lì.

Mentre successe ciò, giunse anche un uomo sulla quarantina con baffi e barba munito di una gigantesca macchina fotografica degli anni ottanta. Pareva uscito da uno di quei film interpretati da Massimo Boldi. Le scattò una fotografia.

Successivamente le ragazze sconosciute la presero per mano e il signore le scattò una seconda fotografia non distante dal ragazzo, sembrava un vortice continuo di scatti.

Non riusciva a capire il motivo per il quale era stata oggetto di tutte quelle fotografie.

Cercò di raggiungere il fotografo, purtroppo invano. Era letteralmente sparito nel nulla.

«Hai visto, Igor?»

«Cosa?»

«Cadi dalle nuvole?»

«No, cara, stai tranquilla. Si vede che è tanto che non frequenti più i locali *cool* della zona. A volte scattano fotografie per scopi pubblicitari».

Emily iniziò a piangere.

«Hanno notato una bella presenza femminile, tutto qua, in fondo sei irresistibilmente sexy! Anche quando piangi. Non fare la bambina piccola, dai!»

«Per piacere smettila di sviolinare. Non volevo essere fotografata, avrebbero dovuto chiedere il mio consenso». Dal suo viso sgorgavano lacrime, ora chissà quali sarebbero state le conseguenze. Era visibilmente nervosa.

«Quando ti arrabbi diventi ancora più bella».

«Portami a casa per favore, sono stanca».

«Siamo appena arrivati e vuoi già andare?»

«Capiscimi. Domani devo allenarmi in vista della prossima competizione».

«Come vuoi tu, iniziavo a scaldarmi per ballare. Ok, ti accompagno a casa, stai tranquilla».

CAPITOLO OTTAVO

La trappola

L'indomani Emily si svegliò presto e si recò come di consueto al pala-ghiaccio. All'ingresso c'era l'allenatore. Volto pallido e visibilmente tirato. Sicuramente gli era capitato qualcosa di spiacevole.

Nello spogliatoio stavano chiacchierando rumorosamente ma all'ingresso di Emily tacquero tutte le pattinatrici.

«Ciao a tutte!» disse.

«*Bon jour*… Come è andata ieri sera al "Sorriso di Venere?"»

«Chi vi ha informate?»

«Un uccellino… sono in tanti a essere evidentemente a conoscenza del fatto».

«Quale fatto?»

La sua domanda rimase senza alcuna risposta.

«Forza, tutti in pista!»

Nell'arco di tutta la giornata l'allenatore non le rivolse la parola.

Al termine dell'allenamento, mentre sistemava accuratamente i suoi lucen-ti pattini, le parlò.

«Devi venire immediatamente nel mio studio».

Emily lo raggiunse. Lui aveva lo sguardo basso su una rivista che teneva tra le mani.

«Guarda qui e poi parla».

Sport life: "Scoop: Emily Cortese in compagnia del pattinatore John Sale, noto alle cronache per essere stato trovato positivo al doping, e a due ragazze sconosciute.

Emily impallidì.

«Prosegui e leggi ad alta voce!» tuonò lui.

«Antonio non so chi sia questo ragazzo! Credimi, davvero».

«Cosa ci facevi ieri sera al "Sorriso di Venere?"»

«Eh?»

Emily rimase in silenzio e spalancò gli occhi...

«Ero uscita con Igor, in amicizia».

«Perché? Dimmelo sinceramente, esigo una risposta».

Pareva un interrogatorio.

«Per trascorrere una serata in compagnia».

«Per cortesia, ti chiedo di leggere ad alta voce e lentamente».

Ieri sera, al "Sorriso di Venere" è stata fotografata la famosa pattinatrice sul ghiaccio, Emily Cortese, accanto a John Sale, noto alla cronaca e ai Tribunali Sportivi per essere stato trovato positivo al doping a seguito dei mondiali di Mosca del 2014 e, inoltre, vicina alla modella Cloe Wittman.

Dalle immagini pubblicate emerge che il pattinatore squalificato aveva nelle mani uno spinello e Emily sorrideva mentre ballava vicino a lui e ad altre due ragazze disinibite.

Ora si attendono indagini sulla pattinatrice volti a verificare le sue conoscenze e a indagare eventuali omissioni da parte della Cortese anche per quanto concerne il caso "Sale".

Verrà disposta molto probabilmente la sospensione per alcuni giorni cautelari, che consisterà nell'allontanamento della Cortese dal pattinaggio sul ghiaccio.

La sua voce era tremante e fragile.

Come proseguirà la vicenda? Ora il caso è sottoposto ad accertamenti giudiziari.

Alessio Fronda

Sport life

Silenzio assoluto.

«Devo ancora credere a te? "Non conosco ragazze disinibite" mi avevi detto. Ricordi? E ora fanno addirittura indagini su di te, Emily... hai pure una sospensione! Ti rendi conto che la tua carriera sportiva potrebbe terminare a causa di una squalifica sportiva se gli elementi probatori fossero verosimili? Parla!»

La povera Emily era senza parole. Non riusciva ad elaborare il tutto. Igor le aveva tratto una terribile trappola... e lei ci era cascata come un pesce nella rete.

Incredibile, non l'avrebbe mai pensato possibile.

Sicuramente non poteva essere stato solo lui a escogitare il tutto.

«Credimi Antonio. Non so nulla di questa storia. Ieri sera sono uscita con il compagno di pattinaggio Igor, in amicizia. Abbiamo cenato insieme al *"Vie en rose"*, poi lui ha insistito per andare alla discoteca "Il sorriso di Venere", sembrava una serata tranquilla. Poi mentre ero in pista, sono arrivati questi ragazzi. Non li conoscevo e non li conosco anche se Sale è stato protagonista delle recenti cronache sportive e giudiziarie. Si sono messi a ballare accanto a me». La sua voce era singhiozzante. «Alla fine è comparso anche un fotografo che, senza il mio consenso, ha iniziato a scattarmi fotografie».

«Dov'era Igor in tutto questo?»

«Era accanto al bancone del bar. Ha avuto una reazione strana. Quando gli ho detto che non volevo essere fotografata mi ha detto che era normale che una bella ragazza venisse fotografata all'interno del locale, che era per fini pubblicitari. Ho cercato di rintracciare anche il fotografo, ma purtroppo è svanito nel nulla».

«E dovrei credere a questa versione dei fatti?»

«Sei libero di credermi o no Antonio, io so che non li ho mai conosciuti e che sono stata vittima di un terribile scherzo che, se non smentito, porterà a ben altre conseguenze. Non vedo perché dovrei mentire».

«Per evitare una squalifica pesante».

«Non mi credi, ovvio. Pensavo di aver trovato un amico, ma constato che basta che un giornale scandalistico mi metta in prima pagina e già mi trovo sola. Mi sono illusa e ho sbagliato. Credevo potessimo essere felici. Grazie, Antonio!» disse con sarcasmo.

«Non provocarmi, Emily».

«Sono io a essere disgustata da questo ambiente. Poi lo chiamano sport inspirato ai principi di correttezza e lealtà! Qui c'è solo cattiveria e invidia, oltre che tanti pregiudizi nei miei confronti. Sono del tutto infondati e lo dimostrerò». Guardò negli occhi l'allenatore e poi uscì veloce dallo studio lasciando nell'aria un buonissimo profumo.

CAPITOLO NONO

Diffamazione

Emily rincasò con il timore nel cuore. Non riusciva a credere che Igor avesse escogitato il tutto. Si sentiva sola ora che anche Antonio non la sosteneva più.

L'indomani, quando entrò nel palaghiaccio, Leonard la stava aspettando, in mano teneva la rivista *"Sport life"*.

«*Buon jour*» rideva. «Sei di cattivo umore? Oggi ho cambiato pattinatrice».

«Il motivo?»

«Non mi va di avere una compagna artistica indagata per omessa denuncia di doping. Sai che sono sempre stato un uomo corretto io!»

«Già ben detto, Leo, cercane una seria, ma più che seria» ridevano in coro le altre pattinatrici.

«Vuoi una copia di *Sport life* cara?»

Il silenzio era la migliore risposta, anche se la rabbia era tanta.

«Leggi cosa scrivono di te, lo sai quanti sono i lettori a livello mondiale della rivista *Sport life*?»

Non si meritava tutto ciò e doveva essere forte per lottare e combattere tutte le cattiverie e i pregiudizi che le erano piovuti addosso. Un'infinita cascata di pregiudizi.

Nonostante la situazione pesante, Emily sarebbe andata avanti credendo sempre in sé stessa e nelle sue capacità, caparbia e decisa a far emergere la verità.

Ne andava della sua dignità, del suo sogno di pattinatrice e del sentimento di empatia che era sorto con l'allenatore che, sebbene tentasse di nascondere, non riusciva a celare.

Decise di chiamare un avvocato, affidarsi a un professionista era sicuramente la soluzione che faceva al caso suo.

Lamentarsi non avrebbe portato a nessun miglioramento.

Aveva sentito parlare bene di un certo avvocato Giorgio Bitto, esperto e specializzato in diritto sportivo. Aveva vinto casi importanti quali quello del famoso avvocato Vont e del ciclista Basèle.

Lo chiamò nel pomeriggio.

«Pronto?»

«Parlo con l'avvocato Bitto Giorgio?»

«Sì, sono io. Con chi ho il piacere di parlare?»

«Sono la pattinatrice Emily Cortese».

«Mi lasci indovinare, chiama per l'articolo pubblicato su *Sport life*?»

«Sì, certamente. Noto che la notizia è già rapidamente circolata…»

«Il danno all'immagine si è già verificato» commentò ironicamente l'avvocato.

«Indubbiamente».

«Vuole fissare un appuntamento con me di modo che riusciamo a parlare del suo caso?»

«Caso disperato?»

«Non si preoccupi, nulla è impossibile all'avvocato Bitto!»

66

Era un tantino presuntuoso questo avvocato e, probabilmente, soffriva anche di onnipotenza. Nonostante ciò, a detta di tutti nel settore era davvero bravo e competente. L'avevano soprannominato "il falco" per la sua abilità di convincere i giudici nel corso delle arringhe in tribunale.

«Sì, d'accordo. Vorrei venire da lei in studio»

«Oggi pomeriggio alle ore 16:00 sono libero. Le può andare bene come orario?»

«Perfetto avvocato!»

«Bene. L'aspetto oggi alle ore 16:00 presso il mio studio in via Ginestre n. 86».

«Davanti al municipio?»

«Sì, bravissima, si trova proprio innanzi al Comune».

«La saluto cordialmente».

«Grazie avvocato, a più tardi».

Concluse la telefonata e già si sentiva meglio. Si sdraiò sul divano e accese la radio. Un po' di musica classica rilassante era ciò di cui aveva bisogno. Decise inoltre di prepararsi un buon cocktail a base di frutta: arancia e pompelmo rosa con l'aggiunta di un po' di ghiaccio.

«Ah ecco, sintonizzo il canale...»

"Benvenuti su radio classica..." La voce dello speaker era calda e sicura. "Trasmettiamo ora in diretta il concerto di violino sulle musiche di Joan Pachelbel *"Canon In D"*. Buon ascolto a tutti i gentili ascoltatori".

«Adoro Pachelbel».

La musica iniziò a riecheggiare per tutta la casa, era melodiosa e intensa. Pachelbel la faceva sognare. Mentalmente immaginava di volteggiare come una libellula sul ghiaccio.

All'improvviso il suono melodioso venne interrotto.

«Trasmettiamo ora il *tg sport*»

«Bene, chissà quali notizie circolano nell'ambito sportivo».

«Notizia dell'ultima ora. Emily Cortese, la famosa pattinatrice sul ghiaccio, è indagata per omessa denuncia di *doping* nei riguardi del noto pattinatore Sale. È stata fotografata di recente al noto locale "Il sorriso di Venere" in compagnia del pattinatore squalificato per *doping*».

Saltò dal divano.

«Ecco a voi gentili ascoltatori l'inedita intervista del signor Sale John».

«Cosa? Non ci credo?»

Frugò nell'armadio in cerca di un piccolo registratore al fine di poter lasciare la *prova probandi* al suo avvocato di fiducia».

«Buongiorno Sale John».

«Buongiorno a voi ascoltatori».

«Partiamo con la nostra intervista inedita. È vero signor Sale che Emily Cortese è una sua cara amica?»

«Sì, certamente, ci conosciamo dai tempi dell'asilo, abbiamo frequentato assieme le scuole».

«Bugiardo, non era a scuola con me tanto che non l'avevo nemmeno riconosciuto al locale, forse una volta per sbaglio l'avrò salutato al palaghiaccio, nulla di più».

«Mi dica, quando ha iniziato a frequentare con una certa assiduità la signora Cortese?»

«Circa due anni fa. Fu prima della gara dei mondiali a Tokyo. Ricordo che fu proprio lei in persona a cercarmi al termine della gara».

«Falso anche questo».

«Avevo vinto in tale occasione il mio primo argento».

«Come mai voleva cercarla?

«Voleva uscire con me, probabilmente in quel periodo aveva interrotto la sua *liaison* amorosa con Klauer Krimm, pattinatore della nazionale olandese. Si annoiava e ha cercato di sedurmi, sa come sono fatte le donne».

«Tutte uguali» risposte l'intervistatore del tg sport.

«Diffidare da chi generalizza» borbottò *Emily*. «Non stavo con nessun pattinatore. Sedurlo? Addirittura! Chi si crede di essere Sale, oltre che falso è anche poco attraente con quella panciona che nemmeno il pattinaggio sul ghiaccio gli ha fatto calare! Sono dei personaggi mendaci» tuonò visibilmente arrabbiata Emily. «Come si fa a storpiare la realtà in questo modo? Terribile, davvero».

«Veniamo al cuore della nostra intervista signor Sale. Al di là del rapporto con la signora Cortese, vogliamo sapere, e con noi anche i gentili ascoltatori, è vero che la Cortese era a conoscenza che lei aveva fatto uso di *doping*?»

«Se era a conoscenza? Certamente! Fu proprio lei ad incoraggiare me a farne uso».

«Questo è davvero troppo, calunnia e diffamazione!» Sentiva un nodo alla gola.

L'intervista era totalmente infondata e tutto quello che aveva sentito non corrispondeva alla verità dei fatti, ma chi se non lei poteva smentirli? Con che coraggio non l'avevano convocata? Avrebbero dovuto perlomeno fare un confronto a due per consentire di far luce sull'accaduto.

Dalla rabbia prese i cuscini colorati, dono della zia Polly per il suo compleanno, e cominciò a scaraventarli per tutta la casa. Dai cuscini uscirono tante piume d'oca che invasero la sala, sembrava che la coltre nevosa fosse scesa in casa Cortese.

In tutto questo scenario, Milou si divertiva con le sue zampette a formare piccole palline bianche e si rotolava, miagolando gioiosa.

«Sono stufa di sentire falsità e malelingue sul mio conto». Pianse istericamente. «Vogliono sicuramente mettermi in difficoltà sia con il mio allenatore, con il quale sono sempre andata d'accordo, sia con la mia professione di pattinatrice. Evidentemente devo aver dato fastidio a qualcuno. Solo a Igor? Impossibile. Devo scoprire cosa è successo!»

Le cattiverie ingiustificate la facevano innervosire. Avrebbe dovuto rimanere calma, ma le risultava davvero difficoltoso. Non riusciva a non reagire al male che le stavano procurando, anche se così facendo avrebbe fatto il loro gioco e, onestamente, non voleva farlo. Era in gioco il suo sogno di pattinare e anche lei, i suoi sostenitori, i bambini.

Emily aveva una sorella maggiore, Karim. Era sempre stata vicina a lei, da bambine erano inseparabili.

"Se sente quello che è successo non mi crederà nemmeno lei" pensò.

L'hanno organizzata nei minimi dettagli.

L'intervistatore proseguì.

«Stiamo per finire, cari ascoltatori ma prima di lasciarci un'ultimissima domanda. Cosa vorrebbe dire ora alla pattinatrice Emily Cortese?»

«Per correttezza agonistica le consiglierei di lasciare definitivamente il pattinaggio artistico. Non è più credibile anche di fronte ai suoi sostenitori, all'allenatore Antonio che tanto ha creduto in lei e le ha dedicato molto tempo e, inoltre, ai bambini che l'hanno sempre vista come modello di lealtà e correttezza sportiva. Sarebbe un gesto dovuto».

«Per ora è tutto, salutiamo John Sale e voi gentili ascoltatori, buona giornata da Stefano Torri per *tg sport*».

Emily si sdraiò, esausta, sul divano.

Le piume ormai erano sparse per tutto l'appartamento.

Spense la radio e anche il piccolo registratore che teneva tra le mani.

Dalla stanza da letto uscì la sua gattina bianca, che miagolava dolcemente, quasi la volesse consolare in qualche modo.

«Meno male che ci sei tu che mi capisci, Milou...» disse flebilmente Emily. «Non ho più le forze nemmeno di alzarmi. Guardami, una sportiva distrutta. Il mondo ce l'ha con me. Persino Antonio non mi crede più; è diventato improvvisamente diffidente. Come dargli torto? La trappola è stata pensata con arguzia e dovizia ed è difficile far emergere la verità... Chi potrebbe aver fatto tutto questo?»

Le ritornò in mente l'immagine di Leonard. Era sempre stato geloso di lei. Si ricordò quando le disse di amarla, quindi cacciò via il pensiero negativo. Non avrebbe potuto farle del male, un po' geloso effettivamente lo era, ma in fondo le aveva detto di amarla. Come poteva un "amore" arrivare a tanto?

Ripensò al biglietto che aveva trovato tempo fa. Era importante mostrarlo all'avvocato Bitto. Quanta paura aveva provato quando l'aveva letto senza sapere chi fosse stato l'autore dello scritto. Cercò con ansia di recuperare il foglio. Non si ricordava più dove lo aveva riposto.

«Ma certo, l'ho lasciato all'interno dell'agenda rossa. Eccolo!»

Come aveva fatto a dimenticarlo?

Era scritto al computer, pertanto non si poteva nemmeno compiere una perizia calligrafica.

Ad ogni modo l'avrebbe dato al suo avvocato di fiducia, era molto importante.

"Ciao Emily,

Tu non sai ancora cosa ti aspetterà, ma sappi che qualcuno ti ha preparato una vera e propria trappola, dalla quale farai molta fatica a uscirne.

Da oggi in poi sarà molto difficile, hai sbagliato e ora paghi le conseguenze dei tuoi errori"

Guardò rapidamente l'orologio a parete. Erano già le 15:00. Alle 16:00 aveva l'appuntamento con l'avvocato Bitto.

Si cambiò l'abito e nervosamente mangiò una pesca.

Uscì arrabbiata tanto che non salutò la sua dolce Milou. La gattina si accasciò accanto alla porta, in attesa del suo ritorno a casa.

Era sicura che i suoi familiari le avrebbero detto "cosa ci facevi al Sorriso di Venere? Te l'avevamo detto di concentrarti sulla gara, invece di divertirti a più non posso".

Ora era nei guai. La situazione era diventata difficile da sopportare.

CAPITOLO DECIMO

Il coraggio di reagire

Emily arrivò allo studio dell'avvocato.

«Buongiorno signora Cortese». All'ingresso l'attendeva una giovane segretaria sorridente che accoglieva gentilmente i clienti. «Prego, si accomodi pure, aveva appuntamento alle 16:00 circa con l'avvocato Bitto, vero?»

«Sì». Confermò.

«L'avvocato in questo momento sta ricevendo un cliente, tra dieci minuti può entrare».

«Grazie».

L'atrio dello studio legale era luminoso e accogliente. Si sentiva un leggero profumo di candele al limone. Le finestre erano leggermente spalancate, l'atmosfera era gradevole.

L'avvocato uscì all'improvviso, raggiante nel suo completo nero elegante ma allo stesso tempo essenziale. Sulla tasca aveva un fazzoletto di seta a *pois*.

«Buongiorno signora Cortese» sorrise. «Dieci minuti e sono da lei».

«Sì, grazie avvocato. L'aspetto».

Trascorsi dieci minuti Emily fu ricevuta.

«Con permesso».

«Avanti».

«Mi racconti la sua vicenda, signora Cortese. Sono tutto orecchi».

Iniziò a raccontare la sua storia, con dovizia di particolari.

«La sera che uscì con Igor, eravate soli?»

«Sì, eravamo noi due al ristorantino *"Vie en rose"*».

«Sicura che non c'era nessuno che la conoscesse?» incalzò l'avvocato.

«Che mi conoscesse no, non credo. Un giovane cameriere, Angelo, in tale occasione mi chiese l'autografo e io gli ho scritto anche una dedica».

«E non vi siete mai più incontrati?»

«No, non l'ho più rivisto».

«Poi cosa avete fatto?»

«Igor ha ricevuto un messaggio sul telefonino e all'improvviso ha chiesto a me se volevo uscire».

«Quindi?»

«Siamo usciti e poco dopo Igor ha insistito affinché entrassimo nel noto locale "Il Sorriso di Venere" Io non avevo molta voglia, ma alla fine mi ha convinta dicendomi che avrei dovuto divertirmi un po'. Una volta entrati, si è diretto verso la zona bar. Chiese se volevo un *drink*».

«Lei ha accettato?»

«No. Successivamente, in men che non si dica, mi sono ritrovata attorniata da due ragazze che ballavano, un ragazzo che si è avvicinato e, infine, un uomo sulla quarantina munito di macchina fotografica che ha iniziato a scattarmi una serie di fotografie».

«E Igor?»

«Ha continuato a restare vicino al bancone del bar, forse accanto a lui c'era qualcuno, ma non sono sicura. Ho cercato immediatamente di rintracciare il fotografo, purtroppo è svanito completamente nel nulla. E con lui anche le due ragazze e il giovane che solo ora ho scoperto essere il pattinatore Sale».

«Ha manifestato il suo dissenso in merito alle fotografie scattate?»

«Certamente, ho anche pianto. Reazione un po' esagerata ma probabilmente ho i nervi a pezzi per la situazione che sto sopportando da tempo. Ho riferito il mio disappunto a Igor, il quale ha ribattuto dicendo che era normale che una bella ragazza venisse fotografata per fini pubblicitari all'interno del locale».

«Ha dunque minimizzato?»

«Sì. La sera è così trascorsa. Il giorno dopo, il mio allenatore Antonio mi ha informata circa l'articolo comparso sulla rivista *"Sport life"*. Tutti i pattinatori ne erano a conoscenza, eccetto me. Mi ha fatto leggere ad alta voce lo scritto».

«E ovviamente non le ha creduto».

«No. Ma non è finita qui, avvocato».

«Perché?»

Emily aveva gli occhi lucidi. Estrasse dalla sua borsa il piccolo registratore nel quale aveva da poco registrato l'intervista a Sale.

«Le faccio sentire tutta l'intervista che, questo pomeriggio, è andata in onda sul *tg sport*».

«Crede che siano coinvolti solo Igor, Polsky e John Sale?»

«No, ho ripensato anche al mio ex compagno di pattinaggio, Leonard Black, ma non ho elementi probatori concreti a suo carico».

Gli porse il biglietto.

«L'ho trovato casualmente al palaghiaccio».

«Perché *ex* compagno di pattinaggio?»

«Da quando ha letto lo *sport life* ha scelto di avere una compagna seria, non una ragazza come me indagata per omessa denuncia di *doping*!»

«Bisognerebbe anche riuscire a dimostrare un nesso evidente tra il piano diffamatorio nei suoi riguardi e tale lettera. Ha notato dei comportamenti diversi tra i suoi colleghi?»

«Sì, da alcuni mesi. Non mi parlavano, ridacchiavano e facevano battutine di ogni genere. Si è proprio creato un clima ostile».

«Solo con lei?»

«Non solo con me. Il mio allenatore, tempo fa, mi convocò per chiedermi se conoscevo una certa Cloe, una modella che, guarda caso, è stata successivamente fotografata vicino a me la sera al *"Sorriso di Venere"*. Ovviamente negai. Ho, inoltre, recentemente scoperto che gli inviava una serie di fastidiosissime *e-mail* nelle quali affermava di conoscermi personalmente. Affermazione falsa, non ho mai conosciuto la signora Cloe Wittman in tutta la mia vita. Questa situazione sta perdurando da tempo. Non vorrei che fosse stato il piano di qualcuno per eliminarmi definitivamente dal pattinaggio artistico. Lei cosa ne pensa?»

«Devo compiere ulteriori indagini, comunque credo che le ricerche vadano svolte su più campi, anche seguendo la pista della diffamazione via *web*».

L'avvocato Bitto le chiese di lasciargli le prove: il biglietto anonimo, la registrazione andata in onda sul *tg sport* e infine la rivista *Sport life*.

Fece un lungo respiro.

Emily lo fissò preoccupata.

«Ho speranze, avvocato?»

«Dobbiamo essere forti, a sostegno del quadro probatorio dovremmo trovare un testimone. Se riesce a portarmi una persona che possa contribuire alla nostra difesa non esiti a venire in studio, mi raccomando».

«Sarà dura, avvocato».

«Dura, ma non impossibile, Emily, lei è una pattinatrice sportiva, conosce benissimo cosa vuol dire allenarsi con fatica ed essere costanti».

«Sono reduce anche da un recente infortunio che mi ha portato fuori dal pattinaggio per un po' di tempo».

«Com'è accaduto?»

«Stavo eseguendo, con il mio partner, una coreografia impegnativa. Quando stava per sollevarmi, *Leonard* ha lasciato la presa e di conseguenza sono caduta a terra. Mi sono fratturata la gamba».

«Povera ragazza, chissà che dolore!»

«Sì, infatti ho dovuto stringere i denti e andare avanti nonostante la difficoltà di dover sospendere gli allenamenti per un periodo di tempo. Ora, invece, per forza di cose dovrò interrompere l'allenamento per le indagini in corso».

«Non si scoraggi signora Cortese e non perda mai la speranza».

«Purtroppo mi sento sola».

«Lei non è sola, ci sono io a difenderla. Non si preoccupi e abbia fiducia. Vedrà, riusciremo a far luce sul caso e a stabilire tutta la verità».

«Confido in lei avvocato».

Emily era rincuorata dalle parole dell'avvocato. Si congedò salutandolo e si diresse verso casa.

CAPITOLO UNDICESIMO

Sogni d'oro

Antonio quella notte non riusciva a dormire perché ripensava intensamente alla discussione che aveva avuto con Emily.

Poi, quando si addormentò, nel sonno gli apparse proprio lei. Era raggiante e sorridente. Aveva un vestito bianco di una grazia ed eleganza inaudite. Nel sogno gli parlava…

«Antonio! Antonio!» Lo chiamava. «Credimi, non c'entro nulla con questa storia, mi hanno teso una trappola… Per piacere, vai al *Vie en rose* e cerca, cerca. Lì troverai la soluzione». Lo guardò dolcemente. «Credimi Antonio, i miei occhi ti diranno la verità».

All'improvviso Antonio si svegliò.

Erano già le 8:30. Che sogno strano aveva fatto! Si ricordava alcune parole di Emily apparsagli nel sogno.

"Vai al *Vie en rose* e cerca… i miei occhi ti diranno la verità".

Continuava a ripetere quelle parole nella sua testa come un mantra. Che sciocco che era a pensare seriamente di seguire le parole di *Emily* nel sogno.

"Deve essere solo un po' di stanchezza" pensò.

Si diresse al palaghiaccio e, una volta giunto all'interno del suo studio, il telefono iniziò a squillare con insistenza.

Chi poteva essere a quell'ora del mattino?

«Sono Antonio, l'allenatore della squadra di pattinaggio, come posso esserle utile?»

«Pronto?» rispose una voce dall'altra parte. «Palaghiaccio *Stars on ice*?»

«Sì. Con chi ho il piacere di parlare?»

Silenzio.

«Chi parla?»

«Sono Angelo».

«Angelo?»

«Non conosco nessun Angelo».

«È normale che non mi conosca, infatti nemmeno io la conosco».

«Mi sta prendendo in giro? Sappia che non ho tempo da buttare via inutilmente».

«No, stia calmo. Non la sto prendendo in giro».

«Sono tutt'orecchi».

«Bene, mi presento nuovamente. Sono Angelo, lavoro come cameriere al *Vie en rose*...»

«Cosa?»

«Sì, ha sentito bene. Sono Angelo e lavoro come cameriere al *Vie en rose*, noto ristorante della zona».

«Incredibile! Sto impazzendo forse?»

«No. Avrei bisogno di parlarle».

«Il motivo?»

«Emily Cortese».

«Ecco, altra incredibile coincidenza. Insomma, questa *Emily* Cortese fa sempre parlare di sé».

«È davvero importante, vorrei poter parlare con lei direttamente, insisto».

«Angelo, quale è il motivo della sua chiamata?»

«Beh, ecco, vede…»

«Sì?»

«Riguarda informazioni molto importanti relative alla sua pattinatrice Emily Cortese».

«Davvero? Sto continuando a sognare forse?»

«No, nessun sogno signore».

«Vede, proprio ieri notte l'ho sognata».

«Vuole parlarmi del suo sogno?»

«Se non le faccio perdere tempo prezioso… C'era Emily, sembrava un angelo, mi parlava. Sussurrava che dovevo cercare al *Vie en rose* la verità… E che lei è innocente. Io non ho bisogno di cercare al *Vie en rose* per comprendere che lei non ha colpa in tutta la vicenda in cui è stata artatamente coinvolta. Prima che lei mi racconti quello che ha da dirmi, io so nel profondo del mio cuore e dallo sguardo di Emily che lei non c'entra nulla in questa vicenda. I suoi occhi mi hanno detto la verità. Proprio l'altra notte, sono stato un tantino brusco con lei; l'ho provocata per capire se effettivamente fosse sincera. Mi è parsa tale, ma a lei non l'ho ancora detto… Sto parlando troppo, di cosa voleva parlarmi?»

«Quello che lei ha già espresso ascoltando il suo cuore signor Antonio Schön. Semplicemente volevo informarla che, se la ragazza non ha trovato un testimone, ora ce l'ha».

Meravigliato, Antonio rimase senza parole.

«In che senso signore?»

«Gradirei poterle parlare di persona, se per lei non è un problema. In tale occasione cercherò di essere il più chiaro possibile».

«Nessun problema, anzi ben venga il suo aiuto signor Angelo… e poi, di cognome? Non mi dica che di cognome fa Custode!»

«Com'è spiritoso!»

«Direi proprio di sì».

"Sarà stato il sogno della mia dolce Emily a rasserenarmi" pensò.

«Porta, sono Angelo Porta».

«Benissimo signor Porta. Quando posso passare da lei?»

«Oggi alle 14:00 sono in pausa pranzo. Se ha una ventina di minuti facciamo una bella chiacchierata».

«D'accordo, per quell'ora sarò al *"Vie en rose"*».

«La ringrazio moltissimo».

«Dovrei avvertire anche Emily. In fondo è lei la diretta interessata, coinvolta in prima persona nella vicenda spiacevole. È doveroso nei suoi riguardi avvertirla».

«No signor Antonio».

«Perché? Sarà estremamente preoccupata povera ragazza!»

«Segua il suo sogno, si fidi».

«Mi ha convinto, ci vediamo oggi al *"Vie en rose"* alle 14:00. Il ristorante si trova all'angolo di via Corti dietro la rinomata pasticceria Fontana. Ha presente il locale?»

«Sì»

«In caso di necessità le lascio il mio numero di telefono: 338/2010240».

«Grazie ancora di tutto».

Terminato l'allenamento quotidiano, Antonio si diresse puntuale al ristorantino chic. Era pieno di speranza. Bussò alla porta. Un giovane cameriere, con tanto di papillon si presentò ad aprirgli.

«Desidera?»

«Buongiorno, sono Antonio Schön. Ho appuntamento con il signor Angelo Porta».

«Un attimo di pazienza che lo chiamo, nel frattempo lei può accomodarsi pure all'ingresso del ristorante. Gradisce qualcosa da bere nell'attesa?»

«Forse più tardi, grazie, gentilissimo».

«Angeloooo…» La voce del cameriere era squillante.

«Sì»

«Ti cerca un certo Antonio Schön».

«Sì, lo so, Claudio. Avvertilo, per piacere, che tra cinque minuti sono da lui».

«Il signor Angelo arriva tra cinque minuti» riferì. Successivamente Poi, ritornò nella cucina che si trovava dopo le scale adorne di bellissime rose provenienti da Parigi».

«Grazie».

Angelo arrivò puntuale.

«Buon pomeriggio Antonio, sono felice sia venuto. Le offro un frullato, lo gradisce?»

«Volentieri, grazie. Che rose stupende avete!»

«Ha visto? Provengono dal giardino di un facoltoso nobile parigino che, generosamente, le ha regalate a mio nonno, e che ora sono qui. Per questo motivo abbiamo trovato l'ispirazione di chiamare il ristorante *"Vie en rose"*. Non ci fu nome più adatto, vero?»

«Già».

«Ha delle preferenze per il frullato?»

«Vado matto per la frutta, scelga lei».

Angelo gli preparò un cocktail alla frutta con pesche, ananas e more estremamente succoso e sfizioso. Mentre lo preparava iniziò il suo dettagliato racconto.

«Era la sera del 24 novembre quando incontrai per la prima volta la deliziosa Emily Cortese».

«Scusi se la interrompo» parlò Antonio. «Posso registrarla?»

«Assolutamente sì, deve registrarmi, è di fondamentale importanza per la ricerca della verità». Proseguì. «Stava trascorrendo una serena serata al *Vie en rose* accompagnata dal pattinatore russo Igor Polsky. Mi colpì immediatamente il suo viso sorridente, una ragazza radiosa con dei bellissimi occhi verdi. La conoscevo solo attraverso la televisione, grazie alle trasmissioni sportive, quando veniva intervistata su Rete Sport ghiaccio. Sono un suo grande ammiratore, adoro il pattinaggio sul ghiaccio così come ammiro la dolcezza infinita di Emily e la leggiadria con la quale scivola sul ghiaccio. Sembra un angelo! Ma veniamo a noi. Quella sera era in compagnia di Igor Polsky, russa dicevo... Avevano trascorso una piacevole serata cenando con del buon riso e del pesce e un secondo piatto a base di verdura».

«Emily era tranquilla?»

«Sì, sembrava rilassata e felice. A un certo punto, prima che uscissero dal ristorante, presi coraggio e mi avvicinai a lei per chiederle un autografo».

«E lei?»

«Da vera gentildonna com'è, non solo mi ha regalato il suo autografo ma mi ha lasciato anche la sua speciale dedica coronata dal suo splendido sorriso. Mentre servivo il dessert notai che Igor aveva ricevuto un sms sul suo telefonino e, poco dopo, sono usciti entrambi dal locale, salutando educatamente sia i commensali che i camerieri. Igor Polsky ovviamente pagò il conto. Erano circa le 22:30. Coincidenza volle che anche io terminassi per quell'ora il mio turno lavorativo. Stavo rincasando, quando, verso le 23:00, ricevetti un sms sul mio telefonino. Era un mio caro amico, Giulio, che mi diceva di trovarsi al "Sorriso di Venere". Mi chiese se volessi raggiungerlo e io accettai. Poco dopo lo raggiunsi. Il locale era gremito, la musica in quel momento riecheggiava leggiadra ed armoniosa per la stanza. Ad accogliermi c'era il mio amico Giulio. Felici e contenti siamo scesi in pista. Mi stavo divertendo da matti quando scorsi con la coda dell'occhio Emily Cortese. Pensai che si trattasse di un incredibile coincidenza. Era il mio giorno fortunato, l'avevo incontrata per ben due volte. Lei si trovava vicino al bancone del bar. Terminato il ballo mi avvicinai a lei, che, però, probabilmente non mi vide e andò a ballare da sola, mentre Igor rimase a sorseggiare un drink».

«C'era anche lui, quindi».

«Sì, ma non solamente lui».

«C'era un altro uomo?»

«Esatto».

«Non c'era anche lui al ristorante?»

«No. Igor guardava quest' altro ragazzo come se stesse attendendo un segnale, un cenno».

«Hai riconosciuto in qualche modo l'altro ragazzo?»

«Onestamente non so chi sia».

«Puoi gentilmente descriverlo?»

«Un ragazzo alto, di corporatura robusta con occhi scuri e capelli scuri».

«Com'era vestito?»

«Sportivo elegante, indossava jeans attillati e polo bianca. Aveva anche una macchia caratteristica sulla guancia destra ben visibile se non ricordo male».

«Credo di aver capito di chi si tratti».

«Chi è?»

«Non ho la certezza ma, alla luce della sua dettagliata descrizione, e inoltre visto che conosco proprio una persona con quella particolare macchia rossa sul viso, credo che si tratti di un mio pattinatore artistico».

«Ma certo, ora mi è venuto in mente chi è». Angelo saltò dalla sedia. «Come ho fatto a non collegarlo a lui! Quando l'ho intravisto mi era già sembrato un viso noto… ma certo, ora ricordo!»

«È Leonard Black!»

Lo dissero insieme.

«Sì, è il compagno artistico di Emily» aggiunse Antonio. «Nonché mio pattinatore!»

«Cosa ci faceva anche lui lì?»

«Posso immaginare… La serata com'è proseguita?»

«Emily ha iniziato a ballare in pista».

«Era da sola?»

«Sì, all'inizio sì. Successivamente, invece, sono arrivate due ragazze disinibite vestite con minigonne attillate e boa appariscenti e all'improvviso le si è avvicinato anche un ragazzo. Ipotizzo sia John Sale».

«Descrivimelo».

«Occhi azzurri, capelli castani, alto e magro, viso spigoloso e atteggiamento furbetto».

«Mh… corrisponde all'incirca alla descrizione del pattinatore Sale».

«Sei riuscito a vedere cosa faceva?»

«Ero lontano, tuttavia sono certo che sia stato lui ad avvicinarsi all'ignara Emily».

«E poi?»

«*Dulcis in fundo*, per non farci mancare nulla, è sopraggiunto un fotografo barbuto che ha iniziato a scattare una serie di fotografie a Emily, destando la curiosità delle persone presenti all'interno del locale».

«Tutto questo è accaduto in poco tempo?»

«Sì, all'incirca un quarto d'ora».

«Emily com'era?»

«Era visibilmente arrabbiata e infastidita. Si è messa a piangere. Notai che parlava con Igor, ma ovviamente non sono riuscito ad ascoltare la loro conversazione. In breve tempo entrambi uscirono dal locale. Si vedeva limpidamente che era provata».

«E il fantomatico Leonard Black?»

«Non uscì con loro, credo che Emily non l'abbia visto e nemmeno io, deve essersi nascosto in qualche stanza del locale, al riparo da occhi indiscreti. Altro non so...»

«Credo che la tua testimonianza sia stata di importanza fondamentale, caro Angelo. Grazie di cuore, Emily sarà felice e rassicurata».

«Già, spero di portarle un po' di luce in un periodo per lei difficile e tormentato dalle calunnie».

«Sicuramente sapere che esiste un testimone oculare della vicenda la tranquillizzerà. La conosco, è una ragazza molto forte ma allo stesso tempo molto delicata ed emotiva».

«Grazie per avermi ascoltato».

Antonio interruppe la registrazione.

Si salutarono promettendosi che si sarebbero presto rivisti e riaggiornati.

CAPITOLO DODICESIMO

La mancanza di Antonio

Emily aveva bisogno di sentire la vicinanza del suo allenatore. Era per lei fondamentale sapere che, nonostante tutto, aveva un supporto, qualcuno che le credesse. Ora come non mai voleva che fosse dolce con lei, che le sussurrasse parole di incoraggiamento e di speranza. Desiderava avere una spalla su cui versare le sue lacrime; lacrime di profonda delusione, lacrime di intensa rabbia e solitudine. Una persona su cui contare e di cui fidarsi, un uomo che la capisse.

Fuori, nel frattempo, la pioggia scendeva copiosa e dalla finestra della sua casetta scorgeva ombrellini variopinti che sembravano formare un insolito dipinto.

Aprì il suo album fotografico su una pagina a caso e vide una fotografia della sua infanzia, quando le regalarono i suoi primi pattini. L'emozione, quando li provò per la prima volta nella piccola pista di ghiaccio adiacente a casa, era stata tanta. Sorrideva felice e contenta. Nell'album trovò anche un bigliettino, lo lesse incuriosita.

Cara Emily cerca una scatolina rosa nel vecchio armadio della soffitta, troverai il tesoro.

Era la prima volta che trovava quello scritto. Si diresse in soffitta e cercò la scatolina. Eccola sotto un polveroso libro, era leggermente ingiallita dal tempo, esternamente era adorna di rose colorate. Quanto tempo che era lì e non l'aveva nemmeno aperta! Com'era possibile?

All'interno della scatolina trovò una lettera davvero speciale.

Alla mia cara nipotina Emily in occasione del suo battesimo.

Cara Emily,

Quando leggerai questa lettera probabilmente non sarò più accanto a te, già ti vedo mentre curiosa apri la scatolina che non ricordi più e leggi commossa tra un dolce sorriso e una lacrima.

Dal giorno che ti ho vista nascere hai riempito la mia vita di gioia e speranza, ora sei piccolina e chissà quali sfide dovrai affrontare nel corso della tua vita, che ti auguro sia fantastica e intensa.

Spero che le gioie cancellino i tuoi dolori e le tue fatiche.

Spero che tu possa trovare l'amore vero.

Spero che tu possa avere la fortuna di essere amata come lo sono stata io.

Ti auguro di credere sempre in Dio e di donare il tuo sorriso a tutti, anche a chi non lo meriterà.

Spero che tu sia forte nei momenti di sconforto, anche quando ti sembrerà che il mondo ce l'abbia con te. Sappi che se ti sentirai sola potrai sempre avere una persona speciale da incontrare.

Spero che sperimenterai la semplicità della vita e che avrai tanti bei ricordi.

Spero che ogni volta che vedrai un goccia di rugiada posarsi su un fiore, una goccia d'acqua cadere sulla terra e un arcobaleno splendere penserai alla tua nonna che tanto ti ha voluto bene.

Voglio immaginarti al termine della tua vita quando sarai molto anziana su di un dondolo sorridente e serena, perché avrai vissuto intensamente e avrai donato molto senza alcun rimpianto.

Sei una bambina meravigliosa, sarai una donna forte.

Certo, nella vita non ci saranno solo rose, ma anche spine, ma il profumo della vita prevarrà.

I tuoi occhioni verdi saranno brillanti di gioia.

Spero che ogni volta che ti sentirai triste o affranta rileggendo questo scritto tu possa trovare un po' di quella felicità e serenità che meriti.

Non lasciare che nessuno per nessuna ragione al mondo calpesti i tuoi sogni.

Sii felice piccolina, quando alla sera guarderai le stelle sappi che la tua nonna veglia su di te e ti protegge.

Buona vita, con tanto affetto.

La tua nonna Rosa.

Pianse dalla commozione e sorrise proprio come la nonna le aveva scritto.

La nonna Rosa era il suo angelo custode.

Prese con sé un fazzolettino di carta e si asciugò le lacrime, che copiose le bagnavano le guance.

Sembrava che Rosa fosse lì accanto a lei e le infondesse forza e coraggio; coraggio nell'andare avanti nella vita, coraggio nell'affrontare le sfide che la vita le avrebbe prospettato.

Come aveva fatto per tanti anni a non trovarla e leggerla?

Forse avrebbe dovuto leggerla proprio in quel momento, sicuramente era destino che l'avesse trovata tanti anni dopo.

"Cara nonna, grazie mille" pensò. "Avevo proprio bisogno del tuo prezioso conforto dall'alto. Custodirò amorevolmente questa lettera che aprirò nei momenti di maggior tristezza. Quando sarò gioiosa mi basterà osservare una stella o una goccia di fine rugiada per pensarti".

Rilesse ancora una volta la lettera e subito ripensò ad Antonio che la guardava con i suoi occhi estremamente dolci. Un uomo straordinario.

«Non ho nemmeno il suo numero personale, l'avrei chiamato e invece nulla».

Possibile che si fosse dimenticata di chiederglielo prima?

Era la solita distratta, o meglio frastornata. Aveva la testa tra le nuvole.

Decise di recarsi allo *Stars on ice*, se era fortunata l'avrebbe trovato magari in pista intento a impartire le sue deliziose lezioni.

Effettivamente lei per un po' non poteva frequentare il palazzetto del ghiaccio, complice la sospensione che le era piombata addosso proprio in quei giorni.

Avrebbe fatto in fretta e poi, vista l'ora, non ci sarebbero stati molti pattinatori.

Voleva farsi coraggio e chiedere direttamente a lui il numero di telefono.

"Antonio, mi manchi..." pensò

Varcò la soglia del palaghiaccio.

Fortunatamente c'erano poche persone, per cui corse veloce verso lo studio e bussò. Ci mancava poco che per l'ansia di non farsi vedere inciampasse su una buccia di banana rimasta sul pavimento e che era sfuggita alle pulizie della giornata.

Nessuna risposta.

Riprovò.

Silenzio assoluto. Antonio non c'era.

Delusa, decise di intraprendere la via del ritorno.

Improvvisamente apparve una donna che aveva la chiave dello studio e che stava per entrare.

«Buongiorno» le disse.

«Buongiorno» rispose Emily.

La signora si accomodò alla scrivania di Schön, prese la penna che di solito utilizzava Antonio. Emily provò un fastidio nel vederla al posto del coach. Forse era solo arrabbiata. Era stata colta in "flagranza di reato".

«Lei è in cerca di qualcuno?» Le disse un po' scocciata.

Non le piaceva quella tizia un po' acida che la guardava come se fosse un insetto da schiacciare. La irritava.

"Dico la verità o nego e scappo? Magari non mi ha nemmeno riconosciuta".

La tentazione di scappare era forte, ma sicuramente la signora sconosciuta avrebbe fatto indagini sul suo conto e allora sarebbe stato peggio.

Optò per la prima opzione.

«Sto cercando l'allenatore Antonio Schön».

«Io sono la sua sostituta, mi presento, sono Corinna Sorte».

"Accidenti, non era l'orario di lezione del coach? Come mai non c'era lui? Speriamo non gli sia capitato qualcosa di spiacevole" pensò tra sé e sé preoccupata. Di solito lui era sempre puntuale e preciso, era raro non vederlo in studio.

Che tragedia, ora era nei guai.

«Non crede che sarebbe il caso che lei si presenti? signora…?»

"Ora sono in trappola".

«Sono Emily Cortese».

«Ah la famosa *mademoiselle* Emily Cortese, apparsa su tutti i giornali e le trasmissioni sportive. Congratulazioni». Ridacchiava.

Emily aveva l'impressione che la stesse prendendo in giro e iniziava a innervosirsi.

«Non deve stare lontana dal palaghiaccio per un po', signora Cortese? Rispetti la sospensione e se ne vada! Anzi, aspetti, qual è il motivo per cui ha violato la sospensione? «Deve essere decisamente importante per aver sfidato la...»

«La Sorte?»

«Esatto».

«Lasci perdere l'ironia».

«Se fossi nei suoi panni non sarei tanto tranquilla...»

Era decisamente antipatica, la sostituta.

«Cosa vuole sapere?» disse Emily con tono risentito.

«Se non sbaglio è lei che è corsa al palaghiaccio rischiando di scivolare su una buccia di banana e che ha atteso che qualcuno le rispondesse dallo studio di Antonio Schön!»

"Caspiterina, mi ha sgamata... Che figura".

«Ha ragione» le disse. «Avevo bisogno di parlare con il mio allenatore...»

«Ex allenatore» bofonchiò Corinna.

Aveva un viso rotondo, la sostituta, capelli corti e un nasino alla francese. La guardava con aria di superiorità.

«Posso riferire io ad Antonio Schön, in fondo lo sostituisco. Se ha bisogno di conferire con lui io il suo numero ce l'ho. Lei?»

Sembrava le dicesse "non ha poi tanta confidenza con l'allenatore!"

94

Touché!

Effettivamente lei non aveva il numero personale di Antonio, la loro forse era una storia strana fatta di sguardi languidi destinata a cadere nel nulla.

Se fosse stato un legame forte, Antonio si sarebbe fatto sentire o, perlomeno, le avrebbe creduto.

Era stata chiarissima e in fondo la breve conversazione l'aveva fatta riflettere.

Non contava nulla per il coach e se avesse voluto rintracciarla l'allenatore in qualche modo avrebbe potuto risalire al suo numero telefonico. Se non l'aveva fatto significava che non gli interessava sapere come stava e che sostanzialmente credeva alla versione dei giornalisti.

Emily decise di interrompere la frustrante conversazione.

«Vedo che lei non può essermi d'aiuto».

La salutò.

«Arrivederla, signora Cortese e si ravveda».

Queste furono le sue ultime parole che come spade taglienti la ferirono.

«Tornerò! Stia tranquilla e dimostrerò a tutti la mia innocenza! »

«Vedremo, piccola ingenua ragazza» replicò Corinna, a bassa voce, senza farsi sentire, mentre si sedeva davanti alla scrivania dell'allenatore.

Fuori dallo studio stavano arrivando alcuni pattinatori.

Corinna, mentre Emily stava per prendere la via di casa, la fermò.

«Emily» disse.

«Sì?»

«Guai a te se violi ancora una volta la tua sospensione». Urlò talmente forte che tutti quanti la sentirono intensamente.

«Non mi fido di te, se ti vedo un'altra volta mettere piede qui, dovrò prendere seri provvedimenti nei tuoi confronti in qualità di sostituta dell'allenatore!»

Tutti l'avevano sentita.

L'obiettivo della perfida Corinna era quello di screditarla di fronte agli altri facendola passare come una pattinatrice negativa. Aveva architettato tutto pur di metterla in difficoltà, ma ormai lei era talmente abituata a essere bersaglio delle più insensate dicerie e cattiverie che non si stupiva più di nulla.

Le parole di Corinna continuavano a rimbombarle nella testa.

"Io il numero dell'allenatore ce l'ho…" e riappariva il suo sorrisetto beffardo.

Era solo una povera illusa, perché non ragionava mai prima di fare le sue azioni? La sua famiglia aveva perfettamente ragione. Aveva la facoltà di mettersi sempre nei guai. Ad ogni modo non si sarebbe arresa.

"Anche se tutto il mondo ce l'ha con me io continuo a credere in me stessa".

Mise in moto l'auto e iniziò a guidare, era visibilmente nervosa. Pioveva e il manto stradale era scivoloso, la visibilità inoltre era scarsa.

Ricordava che quando aveva diciotto anni e aveva preso la patente sconsigliavano caldamente di mettersi alla guida se non pienamente tranquilli e concentrati.

D'altro canto non poteva prendersi il lusso di restare al palaghiaccio tutta la notte, doveva stare serena e concentrata.

Quella sera la pioggia scendeva copiosa e i tergicristalli andavano a mille.

Si spostò velocemente da una corsia all'altra per evitare il così detto fenomeno dell'*acquaplaning*.

Dal fondo della strada sentì il rumore di una sirena spiegata.

Chissà cosa era successo di grave in città.

La sirena continuava a suonare intensa e vivace.

Guardò alla sua destra e vide un poliziotto che le faceva intuire di accostare.

Parlava con lei?

«Dite a me?» Emily abbassò il finestrino.

Attonita accostò la macchina sulla sponda sinistra e attese l'arrivo dei poliziotti.

«Si fermi è un ordine!» le ripetevano in coro.

«Cosa volete farmi?»

«Lo sa che ha cambiato corsia più di una volta e che potrebbe essere pericolosa per altri automobilisti?»

Non c'era nessuno dietro di lei, stava solo cercando di evitare di scivolare.

Da quale parte erano sbucati?

«Mostri i documenti».

Emily tremava. Porse il documento di identità e il libretto di circolazione dell'autoveicolo.

I pensieri della giornata l'avevano tormentata. Mancava solo che trascorresse la notte in carcere, era diventata ormai una pluri-ricercata! Violazione del codice *anti-doping*, violazione del codice stradale…

Il poliziotto era giovane, il suo viso era serio e magro, muoveva nervosamente le sue grandi mani. Controllò minuziosamente i documenti. Rimase in silenzio per alcuni minuti facendo salire l'angoscia in Emily.

«Scusi, ma lei è la pattinatrice di cui stanno parlando i giornali e le televisioni sportive?»

"Sono proprio famosa, caspita!"

«Sì, sono io. Lei crede a quello che ha letto?»

«Di sicuro le voci sul suo conto non sono per niente a suo favore, ad ogni modo la giustizia farà il suo corso e le indagini serviranno a far luce». Per lo meno non era stato prevenuto nei suoi riguardi. Rimase in silenzio per alcuni minuti lasciandola nell'angoscia più assoluta.

«Ho deciso» disse poi. «Per questa volta non le commino alcun tipo di multa, sono clemente ma sappia che se la trovo un'altra volta a zigzagare per le strade dovrò intervenire, ha sentito? Dico a lei. Lei è distratta!» tuonò.

Il giovane poliziotto aveva davvero ragione.

Era distrutta oltre che distratta, complice la denuncia nei suoi riguardi di violazione del codice anti-*doping*, la fredda distanza di Antonio, l'indifferenza dei suoi compagni di allenamento e ora, come ciliegina sulla torta, la comparsa della fantomatica ed estremamente antipatica sostituta Corinna Sorte.

Lasciata in libertà Emily aveva ripreso colore.

Vide che poco dopo fecero lo stesso con un'altra ragazza che si era spostata di poco nell'altra corsia, sirene spiegate e stesso meccanismo.

Passato lo spavento si rimise in corsia.

Meno male che il peggio era passato, il poliziotto ormai era lontano. Ora poteva respirare.

Il rumore della pioggia l'accompagnò per tutta la serata.

CAPITOLO TREDICESIMO

La telefonata inaspettata

Mentre camminava aveva trovato casualmente nelle sue tasche un foglietto. Lo aprì. C'era l'email che il coach aveva lasciato il primo giorno di lezione a tutti i pattinatori!

Eureka! Poteva scrivergli una email. Come aveva fatto a non pensarci? Felice e contenta si mise al pc.

Milou mangiucchiava un po' di tonno dalla sua ciotolina, era diventata una piccola graziosa palla di peluche, tenera e buffa.

La connessione internet era ottima. Entrò nella sua posta elettronica e iniziò a scrivere con grande entusiasmo, confidava nel fatto che lui, appena avrebbe potuto, le avrebbe risposto.

Caro allenatore Antonio Schön,

Oggi pomeriggio, nonostante la mia squalifica, sono passata al palaghiaccio per poterle parlare.

Nel suo studio ho incontrato Corinna Sorte.

Ho bisogno di avere un incontro con lei per favore.

Mi scriva se possiamo incontrarci, la ringrazio.

È molto importante, la prego.

Cordialmente.

Emily Cortese

Messaggio breve ma incisivo. Non doveva dilungarsi in inutili parole.

Comparve all'improvviso una email da leggere.

Cara Emily,

clicca il seguente link, buona navigazione…

https://gossipgirl.it.

L'autore, come di consueto, non si era firmato.

"Strano, ma vero" pensò.

Era estremamente incuriosita. Ormai era abituata a ricevere scritti anonimi da un po' di tempo a questa parte, non era certo una novità.

La mail del mittente era: *Johnny@free.hotmail.com*

Non è che era John Sale?

"E se fosse un virus? Rischio o chiudo?"

Decise di aprire il link.

I dubbi l'assalivano.

Fu indirizzata su una pagina di pettegolezzi e lì scorse la fotografia della serata al "Sorriso di Venere". La stessa pagina consigliava di andare su un altro sito, quello di un noto *social network*.

Cercò anche questa pagina. Dopotutto si trattava di lei! Chissà cos'altro l'aspettava.

La pagina del *social network* si aprì con un nome: *Emily Cortese love stories* e lì comparvero fotografie di lei, dell'allenatore, di Leonard ritoccate al *photoshop* e storie che riguardavano sia lei, che Antonio e Leonard.

Le storie erano frutto della fantasia e della cattiveria di qualche persona a lei vicina. Sicuramente conosceva bene gli autori. La cerchia delle sue conoscenze non era illimitata.

Per finire in bellezza e non farsi mancare nulla, a ogni fotografia pubblicata c'era un commento di molti visitatori sconosciuti che la dipingevano come una mantide religiosa capace di fare girare la testa all'allenatore, ai pattinatori etc…

Veniva descritta come una vera e propria ragazza frivola e superficiale!!

Bingo! La sua immagine era stata fatta a pezzi.

Anche lì erano state inserite fotografie della serata al "Sorriso di Venere".

Lei che balla con le ragazze, lei che balla con Sale mentre lo stesso fuma uno spinello.

Una carriera da pattinatrice completamente distrutta, la sua immagine rovinata per sempre.

Il canale utilizzato aveva diffusione mondiale, era stata diffamata in tutti i continenti.

La tecnologia aveva il rovescio della medaglia.

Ecco spiegati tutti quei sorrisini e battutine che aleggiavano all'interno del palaghiaccio.

La speranza che le rimaneva era che Antonio avesse letto la sua mail.

L'indomani, di buon mattino, Corinna Sorte era di nuovo presso lo studio di Antonio che ormai mancava dal lavoro da qualche giorno.

Si sedette alla scrivania ed accese il computer.

Inserì la password e non riuscì a trattenersi dal guardare la posta privata violando la privacy dell'allenatore.

«Guardiamo un po' chi scrive oggi ad Antonio, in fondo se ha delle mail importanti posso riferire. Sono la sua sostituta dopotutto».

C'erano numerose mail che non erano state ancora lette, soprattutto pubblicità indesiderata. Tra le tante pervenute scorse quella di Emily. La aprì e la lesse.

Caro allenatore Antonio Schön,

*Oggi pomeriggio, nonostante, la mia squalifica sono passata al pala-
ghiaccio per poterle parlare.*

Nel suo studio ho incontrato Corinna Sorte.

Ho bisogno di avere un incontro con lei per favore.

Mi scriva se possiamo incontrarci, la ringrazio.

È molto importante, la prego.

Cordialmente.

Emily Cortese

«Vedo che la ragazzina non molla, insiste a voler contattare l'allenatore…
Testarda!»

Corinna si era segretamente innamorata di Antonio, era un uomo gentile e
decisamente affascinante.

La sostituta non sopportava Emily, forse perché era riuscita a conquistare
la simpatia di Schön, forse perché sorrideva sempre di fronte alle difficoltà della vita, nonostante tutto, a prescindere dalla situazione. Faceva parte
del carattere di Emily.

Non le andava proprio.

Le donne, in generale, non riuscivano a resistere al fascino di Antonio.
Univa alla bellezza esteriore una gentilezza interiore unica e speciale.

Appena ebbe finito di leggere l'email di Emily la eliminò dalla posta elettronica. Era evidentemente gelosa di lei. Aveva cancellato l'email poiché
sperava che Emily non cercasse più l'allenatore. Sperava tanto che non si
scrivessero, né sentissero più.

Cercando nell'archivio dei pattinatori trovò la scheda biografica di Emily.

«Mh… ci sono tutti i suoi dati personali incluso il suo numero di telefono». Corinna lo salvò sul suo telefono.

«Non si sa mai» bofonchiò. «Può essermi utile».

Eliminò anche quello sia dalla cartella sia dal pc di Antonio. Anche se l'avesse voluto non avrebbe più potuto rintracciare telefonicamente la sua pattinatrice.

Sulla scheda di Emily c'erano informazioni su di lei, sulla sua carriera sportiva ed inoltre compariva in maniera chiara e trasparente la descrizione dei suoi sogni. Antonio aveva scritto di ogni suo pattinatore una precisa descrizione che custodiva con grande attenzione e cura. Era un educatore, oltre che allenatore. Benvoluto ma allo stesso tempo molto temuto.

Ma, come il detto insegna, il diavolo fa le pentole ma non i coperchi.

Poiché aveva sentito che stavano per arrivare le signore che sistemavano il palaghiaccio, presa dalla fretta e dall'ansia di chiudere e uscire dalla stanza, le si ruppe un bracciale che teneva al polso destro.

Ovviamente non se ne accorse, il braccialetto rimase inserito nella scheda tecnica manomessa.

Corinna chiuse veloce la porta a chiave e se ne andò.

Trascorsero alcune settimane senza che Emily sentisse più nessuno, ma soprattutto non ricevette alcuna risposta da parte di Antonio.

Per sicurezza la sera ricontrollava meticolosamente la sua posta elettronica. Forse le aveva risposto e il messaggio era accidentalmente finito nella cartella *spam*,

Si sentiva triste e sola.

Finché, un giorno, quando meno se l'aspettava e ormai stava quasi per rassegnarsi, ricevette una telefonata.

«Si, pronto qui è Emily Cortese chi parla?»

«Buongiorno signora Emily Cortese e scusi il disturbo».

«Mi dica, nessun disturbo, con chi ho il piacere di parlare?»

«Mi presento, so che ci siamo incontrati solo una volta nella nostra vita» le disse.

Il mistero si infittiva.

«Stia tranquilla le dò un indizio fondamentale a riguardo. Ci siamo incontrati una sera al *Vie en rose*, quando era in compagnia di Igor Polsky».

«Accidenti questa serata mi perseguita! Ha per caso letto qualcosa sul mio conto? Sa, perché ultimamente sono in tanti che parlano o, per dire meglio, sparlano di me».

«Non si preoccupi, mi creda, non sono qui per giudicarla, anzi».

«Potrebbe gentilmente presentarsi?»

«Sì, mi scusi se non l'ho fatto subito».

«Mi chiamo Angelo Porta. Si ricorda di me?»

«Certo! Lei è il cameriere del *Vie en rose* al quale ho fatto la dedica».

«Bravissima, sono proprio io».

«A cosa devo la sua chiamata?»

«Mi dia pure del tu, signora Cortese, senza problemi».

«Va bene».

«Per telefono non riesco a spiegarle il motivo della mia chiamata, avrei bisogno di fissare un appuntamento con lei».

«Capisco» disse lei. Ma almeno mi aiuti a comprendere perché dovrei accettare di uscire con lei»

«Ha ragione, signora Cortese. Il motivo è che oggi è il suo giorno fortunato. Ha incontrato il suo testimone. Ora non è più sola».

«È vero o mi sta prendendo in giro?»

«È tutto vero, non potrei mai ingannarla. Si fidi di me. Lo so che in questo periodo ha avuto molte delusioni ma, mi creda, non le riceverà anche da me».

«Mi ha convinta» disse. «Quando e dove potremo incontrarci?»

«Se lei può, direi domani in via Narciso 40 al Bar Gioia alle 15:00».

«Va bene, sono libera per quell'ora. Ci troviamo lì».

«Buona giornata Emily».

«Grazie di cuore signor Angelo Porta».

La telefonata si concluse.

Era veramente incredula. Finalmente una buona notizia dopo tanta sofferenza. Forse aveva trovato un testimone! Come era stato gentile a cercare di aiutarla.

La gioia era tanta ma, come l'esperienza le aveva insegnato, avrebbe potuto essere davvero felice con il tempo e con calma. Le gioie immediate fanno in fretta anche a terminare, sono quelle durature che infondono serenità.

Aveva creduto a tante persone in quel periodo, molte delle quali in qualche modo l'avevano illusa e delusa. Non voleva più soffrire, nonostante fosse pienamente consapevole che anche la sofferenza era parte della vita. Pertanto decise che, fino a quando le prove non sarebbero state sufficientemente sicure e precise, non avrebbe chiamato il suo avvocato di fiducia. E così fece.

Quella sera entrò in una chiesetta ed accese una candela alla Madonna. Recitò un Eterno riposo dedicandolo alla sua amata nonna. La fede per lei era di grande sostegno nei momenti difficili, come anche nei momenti di gioia.

CAPITOLO QUATTORDICESIMO

Allo Stars on ice

Al palaghiaccio i pattinatori erano occupati ad allenarsi per la gara europea che si sarebbe tenuta a Monaco di Baviera.

Leonard ormai si preparava con Charlotte Vass, una giovane pattinatrice di origine olandese dagli occhi azzurro-grigio e due fossette dolci che si evidenziavano quando sorrideva.

Gli atleti erano alle prese con trottole, angeli e coreografie, i vestiti colorati e pittorici rendevano la pista un'opera d'arte.

Le altre ragazze mormoravano continuamente su cosa stesse ora facendo Emily.

«Ehi ragazze, notizie della Cortese? Sapete come evolve la situazione?»

«Nessuna, a parte che le hanno confermato la squalifica e che per un po' di tempo non potrà né frequentare il palaghiaccio né gareggiare».

«Che colpo. Forse Leonard è più informato di noi!»

«Sicuramente, è lui la mente della sua esclusione e, a quanto pare, ha distrutto anche il nostro allenatore, il quale è da giorni che non si vede più».

«Sul *web* circolano ancora numerose fotografie».

«E che fotografie» ridacchiava Tommy.

«*Sono ancora postate?*»

«Direi di sì».

«È vero, ci tocca la sostituta Corinna Sorte».

«Avete visto che salva-pattini che ha?»

«Sembra la tigre della Malesia!»

Tutti ridacchiavano.

«Chissà dove gareggiava».

«Mh... non saprei» disse Tommy.

«Ecco Leonard con Charlotte».

Arrivarono abbracciati teneramente.

«Ciao ragazzi, come procede l'allenamento?»

«Meravigliosamente bene! Siamo carichi per le gare europee. Charlotte è anche più magra e bassa rispetto alla Cortese, non ci sono problemi nelle prese e riesco a farla volare nel cielo senza incorrere in cadute inutili».

«Ci ricordiamo le urla di Emily quando è caduta!»

«Ma che fine ha fatto l'allenatore?»

«Starà consolando amorevolmente la sua fidanzatina esclusa dal pattinaggio, sola soletta e abbandonata da tutti!»

«Povera ragazza».

«Che scena triste e desolante, mi sto quasi commuovendo».

«Senza di lei è perso, però un po' mi manca vederli mentre si lanciano languidi sguardi da innamorati».

«Notizie di Emily, Leonard?»

«No, mi basta saperla fuori dalle competizioni sportive e alle prese con la giustizia sportiva».

«Non senti nemmeno John Sale o Igor Polsky?»

«Sì, con loro ci sentiamo ogni tanto, oppure usciamo in compagnia qualche sera con le rispettive fidanzate, ah mi stavo dimenticando di dirvi che ho trovato la mia *abat jour*».

«*Abat jour*?»

«Certo, la mia *abat jour*. La luce che illumina la mia vita. Il sole che risplende sui miei giorni».

«Sei innamorato? Sei diventato all'improvviso un poeta».

«Siamo curiosi, caro amico, chi è?»

«Non immaginereste mai».

«Dacci qualche indizio, non lasciarci brancolare nel buio!»

«È Charlotte?» disse Tommy.

«No» replicò Leonard.

«Troppo acerba».

Tra l'altro la delicatezza di Leonard non aveva confini, Charlotte era abbracciata a lui in quel momento, gli fece un smorfia e cercò di non fare vedere agli altri il suo disappunto.

«Si tratta quindi di una donna matura?»

«Sì».

«La signora che sistema il rifacimento ghiaccio… aspetta, come si chiama, è Ines?» disse Silvia.

«No, carina ma un po' insipida».

«Uffa, diccelo» dissero tutti insieme.

«Con chi stai assieme, Leonard?»

«È la splendida sostituta del nostro caro allenatore!»

«No, non ci credo» disse Lara

«Ti sei messo con Corinna Sorte?»

Annuì.

«Ha quasi quarant'anni e tu appena ventisette!»

«Non importa l'età, è una donna fantastica, la ritengo molto carismatica».

«Se lo dici tu» replicò Christian. «A noi sembra buffa».

Non gli dissero che l'avevano appena soprannominata la Tigre della Malesia, altrimenti avrebbe potuto reagire in malo modo conoscendolo.

Probabilmente in questo caso ci stava il detto che recita più o meno così: i simili vanno con i simili.

CAPITOLO QUINDICESIMO

La speranza

Emily era in ansia per l'incontro con il signor Angelo. Chissà cosa aveva di tanto speciale da raccontarle quel giorno.

Indossò il suo cappottino verde e la sua sciarpa colorata, abbracciò Milou dolcemente e l'accarezzò.

«Fai la brava, torno presto» le disse.

La gattina miagolò vezzosa in segno di saluto alla padroncina amata.

Emily uscì di casa. Con sé aveva un piccolo registratore, un diario e una penna per annotare tutto e non lasciare nulla al caso.

Arrivata al Bar Gioia si sedette comodamente e attese Angelo.

Mentre lo aspettava, osservava incuriosita i numerosi clienti che assaporavano con gusto gelati alla panna e frappè di frutta. La sala si riempiva di bambini felici che prendevano tra le mani tazze di fumosa cioccolata. Che meraviglia! Si sentiva un buon profumo di dolci, davvero irresistibile!

In breve tempo ecco giungere Angelo Porta: alto, snello e sorridente.

Aveva il tipico modo di fare di un cameriere esperto.

«Eccomi, cara Emily, sono a sua completa disposizione!»

«Dammi pure del tu» gli disse.

«D'accordo».

«Ordiniamo qualche cosa?»

«Certamente!»

«Per me un tè verde, grazie».

«Per me una cioccolata calda con panna».

«Che bontà!»

«Si sta davvero bene qui al bar, è accogliente e caldo».

«Sì, quasi come al *Vie en rose*!»

«Eh già…»

«Bene, Emily, ora ti spiego il motivo per il quale ti ho contattata e ho deciso di farlo attraverso un breve ma significativo video».

Lei era davvero curiosa.

Angelo le diede il suo telefonino e il video partì.

Erano i cinque minuti più importanti della sua vita. Ecco che si vedeva il Sorriso di Venere, lei che ballava da sola. All'improvviso comparve Igor Polsky, si vedeva anche un altro ragazzo che Emily riconobbe subito: Leonard… Le danze proseguirono ed ecco giungere le giovani ballerine appariscenti e tra loro vi era anche John Sale.

"Incredibile! Leonard era presente alla serata… altro che non c'entrava nulla".

Si sentì addirittura Leonard che, sarcasticamente, diceva: "i giochi sono fatti e il piano è compiuto! Ora la cara Emily è in trappola!"

Il breve video terminò.

Rimase senza parole.

Ora, grazie ad Angelo era tutto chiaro. Avevano organizzato un piano tutti assieme: Igor, Leonard John e infine le due ragazze.

Ci volle un po' di tempo affinché potesse effettivamente rendersi conto di quello che le era capitato.

"Caspita, che delusione questi pattinatori" pensò.

Hanno tentato in tutti i modi di farla uscire dal mondo del pattinaggio sul ghiaccio, i suoi sogni, i suoi sacrifici di pattinatrice!

Le brillavano gli occhi dall'emozione e non credeva a ciò che aveva appena visto.

«Lei è un angelo davvero signore, di nome e di fatto» gli disse. «Mi ha salvata, non credo ancora a ciò che ho visto. Ho finalmente una prova importante che potrò portare al mio avvocato di fiducia. Come ha fatto ad avere la registrazione?»

«Ero lì quella sera con un amico che mi aveva invitato al Sorriso di Venere, avevo casualmente   deciso di girare un video e ti ho ripresa».

«È stato il destino che ha voluto così».

«Anche io ero molto sorpreso di averti incontrata per ben due volte nella stessa serata».

«Grazie infinite. Ne dovrò parlare con il mio avvocato di fiducia, ma ora sono felice perché un angelo speciale mi ha aiutata, ieri ho pregato tanto… eccomi accontentata». Emily, istintivamente e teneramente, lo abbracciò. «Grazie, ti sono debitrice».

L'indomani, Emily chiamò l'avvocato e fissò un appuntamento con lui.

Fortunatamente era libero proprio quel pomeriggio.

Si ricordò di portare con sé il Codice mondiale *anti-doping*, ma soprattutto il video che testimoniava la sua innocenza ed estraneità ai fatti! Era raggiante in volto e sorridente.

«Buongiorno Emily».

«Buongiorno a lei avvocato».

«La vedo particolarmente felice oggi, Emily, mi porta buone notizie?»

«Felici notizie, sì avvocato, ha proprio ragione».

«Il suo volto è raggiante, sembra serena».

«Sono serena perché ieri ho avuto la fortuna di incontrare una persona speciale, un angelo!»

«Un angelo?» La guardò come se fosse impazzita improvvisamente.

"Certo che con questa pattinatrice non c'è il rischio di annoiarsi mai! La lontananza dalle piste di ghiaccio inizia a farsi sentire per la povera Emily" pensò.

«Lo so che mi prende per pazza e come posso darle torto, ma le chiedo la pazienza di guardare questo video, per cortesia, è molto importante per il mio caso».

«Certamente, sono qui per risolvere ogni tipo di problema legale. Stia tranquilla, anche io ho sperato mi portasse qualche buon elemento sul quale poter costruire la nostra difesa».

Emily estrasse il suo telefonino e lo accese.

Il video si trovava al suo interno, glielo aveva inviato il fantastico Angelo.

Le tremavano le mani dall'emozione, non riusciva a stare ferma. Tutto a un tratto le scivolò la borsa per terra e uscì ogni genere di accessorio femminile!

«Signorina!» disse ironico l'avvocato. «Lei è un vulcano…»

Caddero in terra rossetti, uno specchietto *vintage*, fazzolettini, persino la fotografia della sua cara nonna Rosa, la fotografia di Milou e, *dulcis in fundo*, l'immagine del suo attore preferito, come se fosse una ragazzina!

«Che vergogna… mi scusi avvocato, veramente… sono un disastro». Le sue gote diventarono infuocate.

L'avvocato Bitto la osservava divertito.

Riuscita a ricomporsi, mostrò finalmente il video.

«Sta per iniziare, finalmente!»

Le immagini iniziarono a scorrere rapide, ma estremamente chiare e nitide. Si sentivano distinte le parole dei vari pattinatori, si capiva chiaramente che lei non aveva colpe. Dialoghi e persone erano ben evidenziate.

Terminato il video, Bitto era illuminato.

«Bingo! Abbiamo vinto anche questa causa» disse con un pizzico di orgoglio.

«Ne è sicuro?» chiese titubante Emily. «Non è un po' frettoloso?» Osò dire.

«Sono convinto, questa è la prova regina della sua innocenza. Può dormire serena, è impossibile che possano confutare questo elemento, salvo che il giudice non accolga questa prova. Sinceramente dubito fortemente che lo possa fare».

«Speriamo davvero, avvocato, siamo nelle mani dei giudici, ma in primis in quelle di Dio».

«Nella mia esperienza, ho visto solo un paio di magistrati non accogliere una prova così decisiva. Tra poco ritornerà sul ghiaccio a volteggiare più sicura che mai».

«Ci conto e ci spero, mi manca pattinare».

«Aveva altro da mostrarmi signora Cortese?»

«Sì, le ho portato il Codice mondiale anti-doping nel quale è prevista la sanzione per l'omessa denuncia. Gli articoli che riguardano il suo caso sono l'art 2.8 del Codice mondiale Wada che prevede una sanzione in caso di "…agevolare, istigare, coprire complicità circa una violazione delle Norme o tentativo di violazione delle medesime" e inoltre dell'art. 3.3 riguardante l'omessa denuncia di doping di Sale…»

«Noi dimostreremo tramite il video che lei non era a conoscenza di nulla, soprattutto di Igor Polsky, che quella serata le hanno scattato fotografie a sua insaputa e che, soprattutto, coinvolto numero uno è il signor Leonard Black. Avremo inoltre la testimonianza eventuale del signor Angelo. Che ne pensa?»

«Penso che sia un'idea meravigliosa!» I suoi occhi ripresero a brillare dalla gioia. «Per quale motivo hanno escogitato tale piano?»

«Rifletta e rivolga la sua attenzione solo per un attimo a Leonard...»

«Voleva a tutti i costi stare assieme a me».

«E poi?»

«Gli ho detto di no».

«E con l'allenatore?»

Emily non rispose.

Touché.

Le domande dell'avvocato l'avevano fatta riflettere e capire. A volte il silenzio vale più di mille parole. Capì molto attraverso il confronto con lui.

Trascorso qualche giorno dal loro incontro, mentre stava camminando per le strade dell'affollata cittadina di Parigi, Emily fu fermata all'improvviso da un uomo alto e robusto sui quarant'anni munito di una macchina fotografica *vintage*. Aveva l'aria di un giornalista locale. Lì per lì non lo aveva notato, poi quando le rivolse la parola ci fece caso. Aveva un volto segnato dalla fatica, nonostante la giovane età.

«Buongiorno» le disse.

«Buongiorno» rispose lei anche se non riusciva a capire davvero chi fosse quell'uomo, o forse l'aveva già incontrato, sebbene non riuscisse a ricordare bene l'occasione.

«Ci siamo già conosciuti, forse?» disse

«Sì!»

«Dove?»

«Al Sorriso di Venere» rispose lui.

Ma certo, lui era il fotografo che le aveva scattato la serie di fotografie a sua insaputa e che poi era finita magicamente su molti giornali e persino su internet! Tutto le stava tornando alla memoria.

«Ora ricordo!» esclamò ad alta voce. «È lei che mi ha scattato quella infinita serie di fotografie per poi pubblicarla sui giornali a diffusione nazionale, per poi raggiungere la tiratura internazionale?»

«Se le dicessi di sì le mentirei».

«In che senso?»

«La storia in realtà non è andata come crede, ora purtroppo non ho tempo di raccontarle tutto, inoltre ci troviamo in una stradina affollata e rumorosa, se vuole sapere come sono andati veramente i fatti le lascio il mio biglietto da visita. Lo vuole?»

«Sì, certamente signor…?»

«Mi scusi, non mi sono presentato. Sono Monde, Jean Le Monde.»

«D'accordo, piacere signor Le Monde».

«Mi chiami quando può».

«Sicuro! Arrivederla».

«Arrivederla».

"Che strano" pensò lei.

Tra tante persone che stavano camminando per la città aveva proprio incontrato lui. Coincidenza o destino? Tra le mani teneva il colorato biglietto da visita del signor Le Monde. Lavorava per la testata giornalista *"Le soleil"*. Sul biglietto c'erano il suo indirizzo e il contatto telefonico.

Aveva il diritto di sapere come erano andati i fatti e avrebbe voluto farlo pubblicamente nello stesso modo in cui John Sale aveva accettato di essere intervistato nella famosa radio sportiva.

"Credo che sia giusto che la gente sappia cosa veramente sia accaduto, ne va della mia immagine" pensò.

Avrebbe combattuto con tutte le sue forze per poter tornare libera e felice a volare sul ghiaccio. I suoi lucenti pattini bianchi avevano ormai atteso troppo tempo.

Avvertì il suo avvocato.

L'idea, secondo lui, era buona ma un po' affrettata. Avrebbe dovuto aspettare per sentire le sue dichiarazioni e, una volta concluso il processo, avrebbe potuto rilasciare un'intervista pubblica. Effettivamente aveva del ragionevole.

Non conosceva quell'uomo misterioso, il quale sembrava un sedicente fotografo/giornalista, tuttavia voleva comprendere la verità. Era desiderosa di conoscere cosa era successo quella sera.

Intanto sui principali giornali a diffusione nazionale e mondiale girava la notizia che le indagini nei riguardi di Emily continuavano e che presto ci sarebbe stato il processo.

La sera, Emily decise di scrivere nuovamente all'allenatore con la speranza di poterlo incontrare per spiegare cosa le era successo e che finalmente c'era una persona speciale disposta a testimoniare per lei. Voleva tanto poterlo rivedere, ma non sapeva come fare. Se si fosse avventurata nuovamente alla sua ricerca, magari avrebbe incontrato la perfida Corinna Sorte e, sinceramente, non era pronta ad affrontarla di nuovo. Scivolone sulla buccia di banana incluso.

Optò per scrivergli nuovamente una email.

"Questa volta sarò più fortunata e mi risponderà! Spero non vada persa, nella *spam* o chissà dove".

Accese il computer e si collegò a internet. La sua posta elettronica era piena di posta indesiderata che eliminò all'istante. Poi iniziò a scrivere.

Caro Antonio Schön,

sono Emily Cortese.

Scrivo la presente email al fine di poter concordare con Lei un incontro.

Ho bisogno di parlarle il più presto possibile.

La ringrazio e attendo Sue notizie.

Cordialmente.

E.C.

Inviò il messaggio… Il cuore, ogni volta che pensava a lui, le batteva forte. Si emozionava sempre.

CAPITOLO SEDICESIMO

Dietro le nubi c'è sempre il sole!

Allo *Stars on ice*, nel frattempo, i pattinatori si stavano allenando. L'imminente gara internazionale a Monaco di Baviera li attendeva.

L'assistente Corinna Sorte si vedeva spesso al Centro sportivo accanto ad Antonio, il quale era ritornato dopo un periodo di assenza.

L'allenamento stava diventando costante e intenso per tutti i pattinatori.

Leonard e Charlotte erano sempre in pista a provare la coreografia. Per la gara avevano scelto di interpretare Il lago dei cigni. Quando non si allenava, Leonard usciva con la sua nuova fidanzata.

Corinna aveva avuto precise disposizioni da parte di Antonio in merito al controllo della sua posta elettronica.

«Riferiscimi per favore le mie mail» le aveva detto. «Soprattutto le più urgenti a cui devo rispondere».

«Certo, stai sereno, controllo la tua posta elettronica e poi ti riferisco».

Corinna aveva guardato il suo computer curiosa, annotandosi un paio di comunicazioni della Federazione Sport Ghiaccio e alcune informazioni relative ad altri colleghi pattinatori, poi tra le numerose comunicazioni scorse ancora una volta l'email di Emily e la aprì.

La lesse e, per la rabbia, la eliminò.

"Non è possibile che lei continui a contattarlo. Stasera mi vedo con Leonard e le faremo una bella sorpresa".

Così fece.

Oltre a non dire nulla della mail ad Antonio, violando la sua corrispondenza privata, raccontò tutto al suo fidanzato.

«Abbiamo il suo numero cara, fingiamo di telefonare a nome dell'allenatore, lei ci crederà di sicuro, ingenua come è» le disse Leonard, compiaciuto per il gesto invidioso di Corinna.

Decisero di chiamarla. Leonard era molto bravo a imitare l'allenatore, di solito si divertiva a mimare le sue affermazioni tra i compagni di pattinaggio nello spogliatoio, faceva ridere molti.

Il telefonino di Emily squillò.

«Pronto, chi parla?»

«Ciao Emily!»

«Chi è?»

«Non mi riconosci?»

«No, sinceramente non riesco a capire chi tu sia».

«Sono Antonio».

«Antonio Schön?»

«Esatto!»

«Come ha fatto ad avere il mio numero?»

«L'ho cercato all'interno della tua scheda tecnica...»

«Capisco, che piacere sentirla allenatore, le avevo mandato alcune mail, ma non ho avuto mai risposta».

«È proprio di questo che ti volevo parlare, Emily, delle mail che ho ricevuto». Fece un breve, ma intenso sospiro.

Il cuore di Emily iniziò ad accelerare... cercava di stare calma, ma non riusciva a farlo. Era più forte di lei.

«Ho bisogno di parlarle. Non riesco più a soffrire in silenzio pensando che lei mi creda colpevole di tutto ciò che è accaduto, comprese le email che aveva ricevuto in passato e di cui io non so assolutamente nulla. Sono mesi che speravo di poterla incontrare per chiarirmi con lei. Non ho mai conosciuto John Sale, come posso aver omesso di denunciarlo per doping?» Mentre parlava, teneva stretta a sé Milou e anche la fotografia di sua nonna Rosa, quasi fosse una sacra reliquia e ripensava alla bellissima lettera che aveva ritrovato dopo tanti anni.

«Lascia perdere le giustificazioni, le tue considerazioni personali non mi importano più nulla. Avevo fiducia in te, ora l'ho persa completamente. Il tuo comportamento frivolo, le tue conoscenze, le tue bugie, ne ho abbastanza di te». Leonard era incredibilmente verosimile, la sua voce era identica a quella di Antonio.

«Antonio, non creda a tutto quello che sente sul mio conto, lei mi ha conosciuto».

«Le voci parlano chiaro, Emily...» mentre sentì pronunciare quelle parole improvvisamente provò una terribile fitta al cuore.

"Le voci?" pensò tra sé. "È questo che realmente conta?"

Non come lei si sentiva?

La conversazione l'aveva ferita, non riusciva a comprendere il motivo di tale chiamata.

«Mi dica, allenatore, cosa voleva dire alla sua ex pattinatrice? Perché se mi ha contattata una motivazione deve sussistere».

«Se ascolti bene, stavo cercando di spiegare la motivazione per la quale ti ho cercata. Volevo dirti che sono stanco, immensamente stanco di tutte le tue mail e di tutte le volte che sei venuta a cercarmi qui al palaghiaccio.

Smettila di scrivermi, smettila di cercarmi. Non sei benvoluta. La Federazione Sport Ghiaccio non ti vuole più!»

Emily si sentì gelare.

Non credeva alle parole di Antonio, non era la stessa persona che l'aveva sempre sostenuta e che la guardava con estrema dolcezza tanto da farla arrossire? Non era lui che l'aveva difesa quando tutti la deridevano? Come avrebbe potuto dimenticare il suo meraviglioso sorriso che nasce dal cuore? Non riconosceva più Antonio Schön.

«Sei rimasta senza parole?» le disse.

«Cosa dovrei dire, è stato estremamente diretto e chiaro. Non si preoccupi, se la mia amicizia la disturba, eviterò di scriverle e di contattarla, non ho mai obbligato nessuna persona a essermi amica, non sarà questa la prima volta e poi, sa, in fondo il mondo è pieno di persone disposte a volermi bene e che mi meritano. La saluto, le auguro ogni felicità».

Terminò la conversazione bruscamente, con un pizzico di amarezza. Caspita che delusione aveva ricevuto, e lei ingenua a credere che le volesse bene.

Spense il suo telefonino, si sdraiò sul divano e iniziò a piangere. Aveva i nervi a pezzi.

La serata non era ancora conclusa, quando nuovamente il suo telefonino squillò.

Se era l'allenatore non avrebbe risposto, e invece era il suo avvocato.

«Emily, buonasera! Ho un'importante comunicazione per lei».

Si asciugò le lacrime con i fazzolettini colorati di carta.

«Mi dica avvocato».

«Domani siamo convocati d'urgenza dalla Giustizia sportiva in svizzera al *Tas* di Losanna con tutte le nostre prove e testimonianze possibili, perché vogliono celermente far luce sulla questione. Di solito gli svizzeri sono efficienti e rapidi nel dirimere le controversie sportive».

«Così in fretta?»

«Sì, me lo hanno comunicato poc'anzi».

«Devo chiamare anche il signore Le Monde? Speriamo che domani possa aggiungersi a noi, e il signor Angelo Porta?»

«Li contatti subito dicendogli che è importantissimo che vengano, saranno i tuoi testimoni, o perlomeno sicuramente Porta Angelo sarà il tuo testimone».

«Cosa accade se non possono venire a causa di impegni personali?»

«È di fondamentale importanza che ci siano, possono rinunciare solo per legittimo impedimento».

«D'accordo avvocato, farò come mi ha suggerito».

«Le Monde non sappiamo ancora cosa voglia dire sul caso e quale sia la sua posizione a riguardo. Ho un'idea! Per favore, mi dia il suo numero telefonico. Ci penso io a chiamarlo al fine di comunicargli la notizia che dovrà comparire in veste di testimone al *Tas* di Losanna».

«Ci saranno anche John Sale, Leonard Black, Igor Polsky e le altre ragazze?»

«Sì, domani ci saranno tutti, Emily».

"Non tutti" pensò lei.

Tutti eccetto Antonio, ma ora doveva pensare a sé stessa e al suo processo.

«Ci saranno le reti televisive?»

«All'interno no, ma fuori è probabile».

«Qualche consiglio?»

«Stia serena, ho già pensato a tutto. Porti il video, non si faccia prendere dal panico perché è innocente, non deve temere nulla».

«A che ora sarà il processo?»

«Alle 16:00, ma noi ci incontreremo alle 15:00 per sistemare alcuni dettagli».

«Va bene, avvocato. Grazie».

«Ci aggiorniamo presto».

Emily chiamò subito Angelo Porta, era estremamente tesa.

Ovviamente, lui, da gentiluomo com'era, le disse di sì.

«Sono disposto a tutto pur di aiutarti. È un peccato che una stella del pattinaggio non possa più pattinare a causa di ingiuste calunnie nei suoi riguardi, ci sarò molto volentieri».

Emily rimase incantata dalla sua gentilezza.

«Non vuoi nemmeno il rimborso per la giornata persa?»

«No, poi domani è il mio giorno libero, mi offendo se mi vuoi rimborsare la giornata, non è persa, è un onore per me testimoniare in tuo favore».

«Bene, allora domani partiremo insieme al mio avvocato. Alle 10:00 da *rue de Champignons* n.3».

«Perfetto, mi farò trovare lì puntuale. Devo portare qualcosa con me?»

«Il video è più che sufficiente».

Mentre Emily comunicava la data ad Angelo, l'avvocato aveva sentito telefonicamente Le Monde.

La sua posizione non era del tutto chiara, in quanto lui si era dimostrato alquanto misterioso, tuttavia si fidò dicendogli comunque di comparire.

Lo riferì a lei.

"Sono sicura che tutto andrà bene" pensò.

Prima di addormentarsi, rilesse la lettera di sua nonna Rosa e si soffermò in particolare sulla frase:

"Spero che tu sia forte nei momenti di sconforto, anche quando ti sembrerà che il mondo ce l'abbia con te, sappi che se ti sentirai sola potrai sempre avere una persona speciale da incontrare".

Prima di posare il viso sul cuscino le arrivò un sms:

"Sogni d'oro Emily, domani sarà un grande giorno. Angelo".

Dall'alto la nonna la stava proteggendo, infatti sul suo cammino le aveva fatto incontrare un vero e proprio angelo.

Si addormentò senza riuscire nemmeno a rispondergli, tanta era la stanchezza.

CAPITOLO DICIASSETTESIMO

Omnia vincit amor

L'indomani *Emily* era agitata. La giornata era davvero molto importante per non esserlo.

Si svegliò alle 7:00, preparò un'abbondante colazione con frutta e marmellata e una tazza di cioccolata e panna. Accese la radio per rilassarsi un attimo e, puntuale come un orologio svizzero, alle 10:00 era già in *rue de Champignon* 3.

Vide subito l'avvocato e il signor Le Monde. Purtroppo, Angelo Porta non era ancora giunto, pertanto attesero dieci minuti.

«Strano, sembra molto preciso» pensò preoccupata Emily. Sperava che non gli fosse capitato un imprevisto o, peggio, qualcosa di grave.

«Emily, lo chiami» le suggerì subito l'avvocato.

Angelo non rispondeva al telefono.

Gli scrisse anche un messaggio, ma non ebbe risposta.

«Cosa facciamo?»

«Se non arriva entro massimo quindici minuti dobbiamo partire, non possiamo rischiare di arrivare in ritardo al tribunale, infatti, il comportamento processuale è uno degli elementi valutativi dei giudici, ed è molto decisivo, soprattutto per questioni giuridiche sportive come la nostra. L'esperienza mi ha insegnato molto. Solo che, purtroppo, sarà molto meno credibile la versione processuale senza di lui, ma almeno abbiamo un importantissimo video come elemento probatorio».

Emily era preoccupatissima, non solo per l'esito del suo caso, ma anche per Angelo.

Come mai non si era presentato? E perché non rispondeva al telefono?

Mille dubbi la stavano assalendo.

«Dobbiamo restare calmi» le disse l'avvocato. «Altrimenti daremo ragione a chi l'ha messa in questa situazione, e non vogliamo dargli la soddisfazione, vero?»

«Vero, parole sagge avvocato. Solo che a volte sono un po' impulsiva e fatico a rimanere del tutto serena» rispose lei

«Normale, ha avuto molte pressioni in questo periodo. Lo sarebbero tutti nella sua situazione».

Trascorsi quindici minuti senza sentire né vedere Angelo, decisero di prendere il treno diretto Parigi-Losanna. Si diressero alla stazione dei treni, il cielo era nuvoloso e sembrava stesse minacciando pioggia. Le persone presenti nella stazione parigina erano vestite con ampi cappotti per proteggersi dal vento freddo che in quei giorni stava colpendo la città.

Il loro treno arrivò in orario alle 11:00. L'arrivo previsto a Losanna era alle ore 15:00.

Durante il viaggio, finalmente Le Monde svelò la sua versione dei fatti.

«Le fotografie che ho scattato alla signorina qui presente non avrebbero dovuto essere pubblicate né sui giornali, né su internet» esordì il giornalista lasciando basiti sia lei, sia l'avvocato. «Mi spiego meglio. Il direttore del "Sorriso di Venere" mi aveva assicurato che la signorina aveva dato il suo consenso a prestare l'immagine per fini pubblicitari».

«Cosa? Incredibile» disse lei. «Non ho mai dato il mio consenso per pubblicità al "Sorriso di Venere", né per nessun altro locale. Come ha fatto a dire che aveva il mio consenso?»

«Guardi».

Le posò sulla mano un foglio, era la dichiarazione che lei prestava la sua immagine, per quella famosa sera, firmata da lei.

«No, non ho mai firmato nulla. Non ho mai visto nulla di simile. Questa, evidentemente è la firma di qualcun altro che si è spacciato per me e che ha dichiarato il falso».

«Lo credo anch'io. Ma tutti noi pensavamo lei fosse stata d'accordo».

«Perché nessuno è venuto a domandarmelo di persona?»

«Ha perfettamente ragione, signorina, ma di solito è sufficiente il consenso firmato».

«Ho un'altra domanda da farle signor Le Monde, se posso».

«Certo, tutte le domande che vuole». Le sorrise.

«Come mai, quando sono state pubblicate le fotografie sui giornali mondiali, sebbene dovessero avere solo lo scopo pubblicitario interno al locale e circoscritto ad esso, le sue dichiarazioni non sono trapelate?»

«È una questione molto delicata quella di un'indagine giuridica, se avessi dichiarato tutto sui giornali, avrebbero pensato che lo facevo per guadagnare ancora soldi. Invece, ho avuto la fortuna di incontrarla per caso a Parigi e di venire oggi, nella sede opportuna, per testimoniare in suo favore».

«Ottima decisione, la ringrazio per la sua preziosa presenza e per l'intelligenza che ha mostrato».

Il viaggio trascorse velocemente e, quasi senza che se ne accorgessero, erano già arrivati a destinazione.

Alle 15:00 si trovarono davanti al *Tas*: Tribunale arbitrale sportivo di Losanna in Svizzera.

All'ingresso c'erano proprio tutti. Igor Polsky, Leonard Black, John Sale e le altre ragazze accompagnati dai rispettivi avvocati eleganti e impettiti.

Non mancava nessuno, a eccezione di Angelo.

«Nessuna comunicazione da Angelo?» chiese l'avvocato.

«No, purtroppo nulla» rispose lei.

«Vedremo di difenderci anche senza di lui. Ha con lei il video?»

«Sì, naturalmente».

«Bene».

Quando Emily incrociò lo sguardo di Leonard sentì una sensazione di fastidio alla bocca dello stomaco.

Entrarono tutti nell'aula del *Tas*.

C'era un tavolo rotondo e molti giudici seduti.

«Accomodatevi, prego».

«Buongiorno, signori giudici».

Fecero entrare prima gli avvocati e poi i clienti.

Quando furono seduti tutti, i giudici iniziarono a leggere: *"nel nome della legge e alla luce del codice mondiale anti-doping siete oggi qui riuniti..."*
Il discorso giuridico proseguì.

«Ora la parola ai difensori delle varie parti» dissero uno dei giudici.

Cominciarono a intervenire i difensori di Black, poi di Sale e di Polsky e anche delle due ragazze. Fu un breve discorso volto a ribadire che la Emily Cortese era colpevole, poiché conosceva molto bene il signor Sale e che lei era sempre stata a conoscenza che facesse uso di sostanze stupefacenti, senza mai denunciarlo alle autorità competenti.

Sostanzialmente si affermava che lei non poteva non sapere.

L'avvocato Bitto rispose adeguatamente alla loro arringa dimostrando che in realtà Emily era al locale perché Igor Polsky, d'accordo con Black, Sale e anche alle altre ragazze, ve l'aveva portata con l'inganno fingendosi un amico, fino al punto di firmare una dichiarazione falsa sul consenso alle fotografie per fini pubblicitari.

«La mia cliente qui presente non ha mai firmato nulla del genere. Quelle fotografie hanno distrutto la sua vita sportiva e non solo l'immagine personale di una promessa del pattinaggio artistico internazionale. Per non parlare delle fotografie ritoccate che hanno riguardato sia lei sia l'allenatore Antonio Schön, oggi non presente».

I difensori cercavano di confutare in tutti i modi attraverso leggi speciali e cavilli di ogni genere, tipico degli avvocati più furbi. Il clima si stava facendo sempre più acceso.

Al fine di riportare la calma in aula, i giudici iniziarono a chiamare i testimoni per fornire la loro testimonianza.

I testimoni della controparte non erano numerosi.

Giurarono di dire tutta la verità secondo quanto previsto dalla legge. In realtà di verità nel loro intervento vi era ben poco.

Emily avrebbe voluto alzarsi e gridare a voce alta che era tutto falso, ma si trattenne e cercò di reagire il meno possibile. L'avvocato le aveva detto di stare tranquilla.

Quando fu la volta dei testimoni di Emily si alzò solo Jean Le Monde. I giudici perplessi si interrogarono. Come mai il secondo teste non c'era?

E lo chiesero all'avvocato.

«Avvocato, sussiste un legittimo impedimento affinché il signor Angelo Porta, oggi chiamato in veste di teste, non è comparso?»

«Non abbiamo avuto più comunicazioni, signor giudice, speriamo non sia successo nulla di grave».

«Dove lavora questo signore?»

«Al *"Vie en rose"*, un ristorantino famoso di Parigi».

«Inizi col dichiarare di dire tutta la verità, signor Le Monde».

«Sì, signori giudici». Dopo il breve giuramento, Jean spiegò chiaramente tutto quello che aveva narrato sul treno con dovizia di particolari e, successivamente, mostrò il foglio anche ai giudici».

Sebbene la versione fosse molto convincente i giudici non parevano del tutto convinti.

«Abbiamo appena chiamato il ristorante *"Vie en rose"* a Parigi» dissero. «Pare che lì non lavori nessun Angelo Porta, pare che non esista in realtà questa persona!»

Emily era muta. Com'era possibile che non esistesse nessun Angelo Porta?

Ma se lei ci aveva parlato la sera quando faceva il cameriere, poi l'aveva contattata per testimoniare a suo favore e le aveva dato anche il video, come poteva non esistere?

Si erano incontrati al Bar Gioia.

Accese il telefonino per vedere se i messaggi che le aveva inviato erano stati salvati. Nulla. E il video?

Il video era completamente sparito.

Colta dal panico stava quasi per svenire di fronte a tutti in aula.

Lei aveva parlato con Angelo, e aveva mostrato il video al suo avvocato!

Sul volto dell'avvocato iniziò a notarsi una espressione di forte tensione.

La situazione stava degenerando.

La controparte gridava: «Non sono credibili, sono solo dei ciarlatani!»

«Emily, mostra ai giudici il video della serata» le disse.

«È sparito, avvocato, proprio come il signor Angelo Porta!»

«Non avevano nessuna prova che potesse sostenere la loro tesi».

«Silenzio in aula» dissero scocciati i giudici riuniti.

«Alla luce delle poche prove…»

«Un attimo, vi prego, signori giudici!» Dal fondo dell'aula si sentì una voce. Era l'allenatore Antonio che correva.

«Lei chi è?» chiesero i giudici. «Non può entrare in un'aula di giustizia correndo!»

«Perdonatemi signori giudici, sono Antonio Schön, l'allenatore di Emily Cortese, di Black e di Polsky. Ho con me una prova molto importante che vi condurrà alla verità processuale».

«Venga signor Schön».

Antonio era lì per lei, non l'aveva abbandonata! Ieri sembrava non la volesse più vedere e invece ora, addirittura, stava portando una prova.

Era bello come quando l'aveva visto il primo giorno al Centro Sportivo, il suo incantevole profumo si era diffuso in tutta l'aula.

«Guardatelo e poi capirete…»

I giudici osservarono esterrefatti; la sequenza delle riprese fatte al *"Sorriso di Venere"* mostrò loro tutta la verità.

Era lo stesso video che Angelo Porta aveva inviato a lei! Come aveva potuto riceverlo Antonio?

Rumori e schiamazzi aleggiavano in aula.

«Silenzio in aula» ripetevano i giudici innervositi.

Al termine del video i giudici posero una domanda ad Antonio.

«Signor Antonio Schön, conferma l'innocenza della qui presente Emily Cortese, ergo la sua estraneità ai fatti, e conferma che la signora Cortese non ha mai conosciuto il signor Sale John?»

La guardò profondamente negli occhi e confermò.

«Sì, sono qui a testimoniare la sua totale innocenza».

Lei diventò rossa in volto.

I giudici dichiararono l'innocenza di Emily e trattennero Black, Sale, Polsky e le altre ragazze.

Antonio prese le mani di Emily e le strinse fino a scaldarle, lei sentì che non voleva più scappare in nessun luogo della terra, l'unico desiderio che aveva era di lasciargli tenere la sua mano per sempre.

Emily e Antonio si abbracciarono.

«Sono convinta che un angelo ci abbia aiutati». Gli sussurrò lei.

«Sì amore, lo credo anch'io. È lui che mi ha portato a te, è grazie a lui che ti ho sognata e che ho capito quanto sei preziosa per me».

Antonio volse lo sguardo verso tutti i giudici e disse: «I suoi occhi mi hanno detto la verità».

Finito di stampare nel mese di Marzo 2016
per conto di Youcanprint *Self-Publishing*

www.ingramcontent.com/pod-product-compliance
Lightning Source LLC
LaVergne TN
LVHW091509170726
843492LV00001B/413